NEUF NUITS

DU MÊME AUTEUR

Romans

Mongolia, Métailié, 2004

Les Initiales, Rivages, 2002

Les Ivrognes et les Somnambules, Rivages, 1998

Nouvelles

Aberration, Rivages, 1997

BERNARDO CARVALHO

NEUF NUITS

Traduit du brésilien
par Geneviève Leibrich

Éditions Métailié
5, rue de Savoie, 75006 Paris
www.editions-metailie.com
2005

Traduit avec le soutien du
programme d'aide à la traduction
de la Fundação Biblioteca National

Crédits photos :
p. 30 : Buell Quain, archives de la Casa de Cultura Heloísa Alberto Torres – IPHAN
p. 35 : Lévi-Strauss et Heloísa Alberto Torres, entre autres, au jardin du Musée national, archives de la Seção de Arquivos do Museu Nacional / UFRJ

Titre original : *Nove Noites*

First published in Brazil by Editora Companhia das Letras

ISBN : 2-86424-550-7
ISSN : 0291-493X

À la mémoire de Fábio T. Carvalho
et à Mariza Corrêa

1. *Ceci est pour quand vous viendrez. Il faut être prêt. Quelqu'un devra vous prévenir. Vous allez entrer sur une terre où la vérité et le mensonge n'ont plus les significations qui vous ont amené jusqu'ici. Demandez aux Indiens. Posez-leur n'importe quelle question. La première qui vous traversera l'esprit. Et demain, en vous réveillant, redemandez la même chose. Et recommencez après-demain. Posez toujours la même question. Et chaque jour vous recevrez une réponse différente. La vérité est perdue au milieu de toutes les contradictions et les incohérences. Quand vous viendrez chercher ce que le passé a enfoui, sachez que vous serez aux portes d'une terre où la mémoire ne peut être exhumée car le secret, qui est le seul bien qu'on emporte dans la tombe, est aussi le seul héritage qu'on laisse à ceux qui restent et qui, comme vous et moi, sont en quête d'un sens, ne serait-ce que parce qu'ils flairent un mystère et qu'ils finissent par mourir de curiosité. Vous viendrez en vous appuyant sur des faits qui jusqu'alors vous auront paru irréfutables. À savoir que l'anthropologue américain Buell Quain, mon ami, est mort dans la nuit du 2 août 1939 à l'âge de vingt-sept ans. Qu'il s'est tué sans explication apparente, dans un geste intempestif et d'une violence effarante. Qu'il s'est maltraité, malgré les supplications des deux Indiens qui l'accompagnaient lors de son dernier voyage de retour, du village à Carolina, et qui se sont enfuis, épouvantés par l'horreur et le sang. Qu'il s'est tailladé et pendu. Qu'il a laissé des lettres impressionnantes, mais qui n'expliquent rien. Qu'il a été qualifié de malheureux et d'insensé dans des rapports que j'ai eu le malheur d'aider à rédiger pour éviter une enquête.*

J'ai passé des années à vous attendre, qui que vous soyez, me reposant uniquement sur ce que j'étais seul à savoir, mais désormais je ne peux plus compter sur la chance ni laisser disparaître avec moi ce que j'ai confié à ma mémoire. Je ne peux pas non plus livrer à des mains étrangères ce qui vous appartient et que j'ai enfermé à double tour en vous attendant pendant toutes ces années de tristesse et de désillusion. Pardonnez-moi. Je ne peux courir aucun risque. Je ne suis plus en état de défier la mort. Je n'ai plus l'âge. Demain, je prendrai le bac pour rentrer à Carolina. Mais auparavant je laisse ce testament pour le jour où vous viendrez et où vous vous trouverez face à l'incertitude la plus absolue.

Soyez le bienvenu. On vous dira que tout fut très soudain et inattendu. Que le suicide a surpris tout le monde. On vous dira beaucoup de choses. Je sais ce que vous attendez de moi. Et ce que vous devez penser. Ne me demandez pas ce qu'on ne m'a jamais fourni, la vérité noir sur blanc, l'heure exacte. Vous devrez vous contenter de l'impondérable et de la précarité de ce que je vous raconte, tout comme j'ai dû m'en remettre aux récits des Indiens et au flou des traductions du professeur Pessoa. Les histoires dépendent avant tout de la confiance de celui qui les écoute et de sa capacité de les interpréter. Et quand vous viendrez, vous serez méfiant. Le docteur Buell, à sa manière, était incrédule, lui aussi. Il a résisté tant qu'il a pu. Nous avons besoin de raisons pour croire. Abuserai-je de votre patience et de votre bonne volonté, qui que vous soyez, si je rappelle que nous mourrons tous ? Je me souviens du jour où il est arrivé dans cette ville qu'il a qualifiée de morte dans ses lettres du mois de mars 1939, méfiant comme vous aujourd'hui, la première fois que je l'ai vu. Nous connaissions tous le vrombissement de l'hydravion de la Condor, annonçant son arrivée, quand il s'approchait de la ville. Personne d'autre ne nous rendait visite. Des masses de gens ont couru vers le fleuve. J'étais sur un chantier, mais j'ai aperçu sur le sol de la maison sans toit l'ombre de l'avion qui survolait les manguiers en direction du fleuve. J'ai terminé mon travail et je suis descendu vers le port. Il posait pour le photographe qui, engagé par le représentant de l'agence Condor afin d'immortaliser l'événement, son appareil posé sur un trépied, fixait à tout jamais sur ses plaques l'arrivée de l'illustre ethnologue à côté des Indiens et du pilote, tous debout sur l'aile de l'avion. Son arrivée fit sensation, mais cinq mois plus tard tous avaient déjà oublié, si c'est cela que vous voulez savoir. Nous nous habituons très vite à l'extraordinaire. Je suis le seul à en garder le souvenir. Mais ce jour-là, ni moi ni personne ne pouvions imaginer qui nous recevions. Il s'est présenté avec un chapeau blanc, comme un capitaine de navire, une chemise blanche, un pantalon large serré dans le bas et des bottes. Ni moi ni personne ne pouvions déceler quoi que ce soit, surtout pas rétrospectivement, derrière cette élégance hautaine et inadaptée au lieu et à la circonstance. Personne ne pouvait prévoir le malheur qui allait lui arracher la vie en moins de cinq mois. Je me suis approché de la scène à laquelle assistait la ville muette, sans comprendre la mission qui lui était confiée et qu'aucune âme humaine ne pourrait refuser. Cette âme, ce fut moi. Le représentant de la Condor nous a présentés, mais l'ethnologue ne m'a pas vu. Il m'a serré la main, comme il aurait serré n'importe quelle main, et il a souri, il souriait à tous, mais il n'a pas remarqué ma présence. Il a à peine entendu mon nom. S'il l'avait saisi, il en aurait sûrement fait des gorges chaudes, car malgré tout il ne manquait pas d'humour. Mon nom prête à la raillerie hors d'ici. Et il venait tout juste d'arriver. Plus tard seulement il comprendrait les circonstances et l'avantage d'avoir un allié en moi. Alors seulement il accepterait mon amitié, à défaut d'une autre. Je ne suis peut-être qu'un humble sertanejo, *ami des Indiens, mais j'ai de l'éducation et je ne suis pas bête. Je n'en veux à personne, et surtout pas à mon ami le Dr Buell, en dépit de tout ce qu'il a pu penser ou écrire et à quoi j'ai eu accès grâce aux traductions incertaines du professeur Pessoa quand j'ai cherché dans les papiers du défunt une explication que j'ai cachée de mon mieux. Il fallait que personne ne lui trouve un sens. Il ne faut pas laisser les morts régir ceux qui sont restés. Dès le début, encore qu'il m'ait été impossible de prévoir la tragédie, j'ai été le seul à déceler dans ses yeux le désespoir qu'il essayait de dissimuler, mais il n'y parvenait pas toujours. J'ai réussi à en deviner la raison avant même qu'elle me soit révélée, mais j'ai préféré l'ignorer ou feindre de l'ignorer, ne serait-ce que pour le soulager. Je pense l'avoir aidé ainsi comme j'ai pu. Ayant été le témoin des rares moments où il n'est pas arrivé à se contrôler, je savais, et mon silence était pour lui la preuve de mon amitié. Les hommes sont ainsi. Ou bien pensez-vous que lorsque nous nous regardons, nous ne reconnaissons pas chez autrui ce que nous tentons de cacher en nous-mêmes ? Il n'y a rien de plus précieux que la confiance d'un ami. Voilà pourquoi j'apprécie les Indiens avec qui je vis depuis mon enfance, depuis le temps où mon grand-père les a apprivoisés. Je les ai toujours reçus chez moi. J'ai toujours su ce qu'ils disaient de moi dans mon dos, su qu'ils me considéraient comme légèrement cinglé, de même d'ailleurs que tous les Blancs. Mais la seule chose qui m'importait c'était qu'ils puissent compter sur moi. Et qu'ils sachent que je n'attendais rien en échange. Qu'ils obtiendraient tout de moi et Dieu sait que leurs demandes sont sans fin. J'ai fait tout ce que j'ai pu pour eux. Et aussi pour le Dr Buell. Je lui ai donné la même chose qu'aux Indiens. La même amitié. Car, comme les Indiens, il était seul et désemparé. Et malgré ce qu'il a pensé ou écrit, il n'était guère plus qu'un enfant. Il aurait pu être mon fils. Rien ne m'a autant ébranlé. Pas même quand j'ai été démis de mes fonctions de responsable du poste indigène Manoel da Nóbrega par M. Cildo Meireles, inspecteur du Service de protection des Indiens, trois ans après la tragédie, quand il m'a recommandé de laisser désormais mon cœur à cinq lieues du poste et de m'éloigner à tout jamais des Indiens – il ne voulait plus m'avoir sous le nez. Ni même l'humiliation d'avoir été destitué de la charge que j'ai occupée pendant un peu plus d'un an et que le Dr Buell lui-même m'a aidé à conquérir pour défendre les Indiens, grâce aux lettres de recommandation qu'il a envoyées à Rio de Janeiro. Et pas même le massacre du village de Cabeceira Grossa que le Dr Buell aurait peut-être pu empêcher s'il avait été encore en vie et parmi les Indiens, lorsque les propriétaires terriens ont préparé l'embuscade un an après son suicide. Rien ne m'a plus attristé que la mort de mon ami dont j'ai décidé d'honorer la mémoire. Je l'avais accueilli à son arrivée. Rien de ce qu'il a pensé ou écrit ne me cause de rancœur, je n'ai jamais rien attendu en échange, car au fond je sais que je suis la dernière personne sur laquelle il a pu compter.*

Je suis sorti de la maison sans toit en fin d'après-midi, au moment où une nuée de chauves-souris jaillissait du tronc creux d'un manguier pour se précipiter en un vol rasant et aveugle dans les rues, telle une rivière en crue, ignorant bicyclettes et piétons, qui eux aussi les ignoraient dans cette ville morte, comme il l'a décrite, pour autant que nous puissions nous fier aux traductions du professeur Pessoa. Je suis peut-être ignorant, mais je n'ai jamais été superstitieux. J'aurais pu voir un signe de mauvais augure dans la nuée des petits vampires qui l'accueillaient, mais je n'ai vu que ses yeux quand je suis arrivé au fleuve, leur expression de distraction et de fatigue, entre deux photographies, lorsqu'il oubliait qu'on le regardait lui aussi. Il voulait partir pour le village indien. Il était épuisé. Il voulait être loin des regards. Vous seul auriez pu me dire ce qu'il était venu faire ici, s'il était réellement venu pour y mourir, comme j'ai fini par le soupçonner quand j'ai appris son suicide. Cela fait des années que je vous attends en vain.

Le 9 août de cette année-là, cinq mois après son arrivée à Carolina, un groupe de vingt Indiens est entré dans la ville vers la fin de l'après-midi. Ils apportaient la triste nouvelle et, dans leurs bagages, les objets personnels du Dr Buell que j'ai reçus moi-même et comptés, les larmes aux yeux : deux cahiers de musique, une bible, une paire de souliers, une paire de pantoufles, trois pyjamas, six chemises, deux cravates, un imperméable noir, une serviette de toilette, quatre mouchoirs, deux paires de chaussettes, une paire de bretelles, deux costumes en lin, deux costumes en laine fine, deux caleçons et une enveloppe contenant des photos. Il n'y en avait pas une seule de lui. Il y avait la photo d'une maison en bois sur une plage ; il y avait des portraits de Noirs du Pacifique Sud qui lui avaient raconté des légendes et chanté des chansons ; il y avait des photos de Trumaï du haut Xingu, mais il n'y avait aucune photo de famille, ni de son père, ni de sa mère, ni de sa sœur, ni de la moindre femme. Il est possible qu'il les ait brûlées avec les autres lettres reçues avant de se tuer. Les Indiens n'ont touché à rien. Ils sont allés chez moi sans s'arrêter en chemin ni parler à quiconque – ils avaient peur, ils craignaient d'être incriminés –, ce qui n'a pas empêché la nouvelle de se répandre, et très vite une petite foule de curieux a entouré ma modeste demeure. Je me suis dépêché de faire appeler le professeur Pessoa qui, après avoir lu une des lettres en anglais laissées par le malheureux, a calmé les Indiens et a assuré tous les autres qu'ils n'avaient aucune responsabilité dans cet événement tragique. Il a laissé des lettres pour les États-Unis, pour Rio de Janeiro, pour le Mato Grosso et deux pour Carolina, l'une pour le capitaine Angelo Sampaio, commissaire de police, et l'autre pour moi.

Depuis lors je vous attends, qui que vous soyez. Je savais que vous viendriez chercher ce qui vous appartient, la lettre qu'il vous a écrite avant de se tuer et que j'ai gardée par sécurité, pardonnez-moi, j'étais méfiant car je ne comprenais pas ce qui y était écrit, encore que je m'en sois douté, et je ne voulais pas risquer de demander au professeur Pessoa de me traduire ces lignes. C'est la seule que je n'ai pas envoyée à Rio de Janeiro. Aujourd'hui, six ans à peine après la mort du Dr Buell, le professeur se déclare déjà ethnologue et s'autoproclame spécialiste des Krahô, comme si jamais aucun ethnologue n'était passé par Carolina, comme s'il suffisait qu'il décide lui-même de se mettre sur un pied d'égalité avec un homme qui l'avait ignoré et qu'il affirme ne pas se rappeler, car rien que son souvenir lui ferait déjà de l'ombre et lui fournirait les éléments qui lui manquent pour prendre toute la mesure de sa médiocrité et de son ignorance. Je suis peut-être un simple sertanejo, *mais je ne suis pas bête. Parmi toutes les enveloppes fermées, celle-ci était la seule dont le destinataire, pour autant que je sache, n'était pas de la famille du Dr Buell, ni non plus un autre anthropologue ou un missionnaire. Comprenez-moi bien. Les temps étaient difficiles. Tout ce que j'ai fait l'a été par amitié, pour le protéger. Qui que vous soyez, vous ne pouvez pas imaginer. Les lettres allaient à Rio de Janeiro avant d'être envoyées aux États-Unis. Rien ne me garantissait qu'elles ne seraient pas ouvertes et lues, comme l'avaient fait les autorités du Maranhão qui les avaient soumises au professeur Pessoa pour avoir une explication, ou qu'elles ne s'égareraient pas. Surtout si une enquête était ouverte. J'ai donc gardé cette seule lettre pour le protéger, lui et les Indiens. Je me suis juré que personne d'autre que vous n'y aurait accès. Je vous ai envoyé un billet au lieu de la lettre, un billet chiffré, il est vrai, en code, que le professeur Pessoa m'a aidé à rédiger en anglais sans savoir à qui je m'adressais ni à quelle fin, pensant qu'il s'agissait d'un parent du défunt, puisque je lui avais déjà demandé avant de m'aider à écrire une lettre de condoléances que j'avais décidé d'envoyer à sa mère. Je n'ai jamais pu savoir si vous aviez reçu ce billet ni si vous l'aviez compris, puisque vous n'êtes pas venu chercher ce qui vous appartenait. Cela fait des années que je vous attends mais je ne peux plus courir de risques ni défier la mort. Les pluies commencent ce mois-ci. Demain je prendrai le bac pour retourner à Carolina, mais auparavant je laisse ce testament pour quand vous viendrez.*

2. Personne ne m'a jamais posé de question. Et donc je n'ai pas eu à répondre. Je ne peux pas dire que je n'avais jamais entendu parler de lui, mais en fait je n'avais pas la moindre idée de qui il était avant d'avoir lu le nom de Buell Quain pour la première fois dans un article, un matin, le samedi 12 mai 2001, presque soixante-deux ans après sa mort à la veille de la Seconde Guerre mondiale. L'article est sorti quelques mois avant que n'éclate une autre guerre. Aujourd'hui les guerres semblent plus ponctuelles, alors qu'au fond elles sont permanentes. J'ai relu plusieurs fois le même paragraphe et j'ai répété le nom à voix haute pour m'assurer que je ne rêvais pas, jusqu'à me rendre compte – ou avoir la confirmation, je ne sais plus – que je l'avais déjà entendu auparavant. L'article concernait les lettres d'un autre anthropologue, mort lui aussi parmi les Indiens du Brésil dans des circonstances qui sont discutées aujourd'hui encore dans les cercles universitaires, et il citait au passage, en une phrase et par analogie, le cas de "Buell Quain qui s'est suicidé au milieu des Indiens Krahô en août 1939".

Je me suis mis en quête de l'anthropologue qui avait écrit l'article. Au début, elle a été sèche au téléphone. Elle a dû trouver bizarre que quelqu'un lui téléphone à propos d'un détail de son texte, mais elle n'a rien dit. Nous avons échangé plusieurs courriers électroniques qui nous ont permis de nous rapprocher petit à petit. Elle préférait ne pas me rencontrer personnellement. Elle voulait avoir la certitude que mes objectifs n'étaient pas universitaires. Mais même si, au début, elle s'est méfiée de l'intérêt que je portais à cet homme, elle ne m'a jamais questionné sur mes véritables intentions. Ou du moins, elle n'a pas insisté pour connaître mes raisons. Elle a supposé que je voulais écrire un roman, que mon intérêt était littéraire et je ne l'ai pas détrompée. L'histoire était réellement incroyable. Tandis que je pénétrais dans cette affaire à force de l'interroger, elle a commencé peu à peu à trouver naturelle ma curiosité pour l'ethnologue qui s'était suicidé. Peut-être par discrétion et parce qu'elle sentait que d'une certaine façon et à cause d'une expérience qu'elle ne pouvait imaginer, moi aussi j'avais pressenti dans cette histoire quelque chose qu'elle-même me révélerait plus tard avoir soupçonné depuis le début, lorsque nous nous rencontrerions enfin et qu'elle me poserait la question. C'est elle qui m'a indiqué les premières pistes.

Les documents sont éparpillés dans des archives au Brésil et aux États-Unis. J'ai fait plusieurs voyages, pris des contacts et, peu à peu, j'ai reconstitué un puzzle et je me suis créé une image de celui que je cherchais. Un grand nombre de personnes m'ont aidé. Rien n'a dépendu de moi, mais d'un concours de hasards et d'efforts qui a commencé le jour où j'ai lu avec étonnement dans un journal l'article de l'anthropologue et où, en prononçant ce nom tout haut, je l'ai entendu pour la première fois de ma propre voix.

Buell Quain s'est tué dans la nuit du 2 août 1939, le jour même où Albert Einstein a envoyé au président Roosevelt la lettre historique dans laquelle il l'alertait sur la possibilité de l'existence de la bombe atomique trois semaines avant la signature du pacte de non-agression entre Hitler et Staline, feu vert pour le début de la Seconde Guerre mondiale et, pour beaucoup, une des plus grandes déceptions politiques du XXe siècle. Par simple coïncidence, je suis tombé sur une référence à la lettre d'Einstein au tout début de mes investigations sur la mort de Quain. Il n'a pas eu le temps de voir quoi que ce soit. Son univers n'a pas été le mien. Il n'a pas vu la guerre, il n'a pas vu la bombe – bien que dans la folie finale de ses observations sur les Krahô et se fondant sur ses souvenirs des revues scientifiques qu'il lisait dans son adolescence, il ait tenté d'appliquer aux phénomènes sociaux "les mêmes principes mathématiques que ceux qui régissent les phénomènes atomiques", décelant chez les Indiens "des syndromes de comportement culturel" analogues aux lois de la physique. Il éprouvait une fascination presque d'adolescent pour la science et la technologie. Il n'avait sûrement pas pensé que plus l'homme s'efforce d'échapper à la mort, plus il se rapproche de l'autodestruction, il n'avait sûrement pas imaginé que c'était peut-être là le dessein occulte et traître de la science, sa contrepartie, même si une bonne part de ce qu'il avait observé chez les Indiens et qu'il avait intuitivement rattaché à sa propre expérience pouvait l'avoir mené à des réflexions très proches de cette conclusion. Quand il s'est tué, il tentait de revenir à pied du village de Cabeceira Grossa à Carolina, à la frontière du Maranhão avec ce qui, à l'époque, faisait encore partie du Goiás et qui appartient aujourd'hui à l'état du Tocantins. Il avait vingt-sept ans. Il a laissé au moins sept lettres qu'il a écrites en pleurant pendant les dernières heures précédant son suicide. Il voulait laisser ses affaires en ordre, à en juger par le contenu des quatre lettres auxquelles j'ai eu accès, adressées à sa directrice de thèse, Ruth Benedict, de l'université Columbia à New York ; à dona Heloísa Alberto Torres, directrice du Musée national à Rio de Janeiro ; à Manoel Perna, un ingénieur de Carolina devenu son ami, et au capitaine Angelo Sampaio, le commissaire de police de la ville. Il tenait à dégager les Indiens de toute responsabilité, à désigner ses exécuteurs testamentaires et à leur laisser des instructions concernant la répartition de ses biens. Dans ses lettres, il donne des instructions aux vivants sur la façon de procéder après sa mort. Parmi celles que je n'ai pas réussi à retrouver, je sais qu'il y en avait au moins une adressée à son père médecin, le docteur Eric P. Quain, récemment divorcé et habitant à l'Annex Hotel, à Bismarck, dans le Dakota du

Nord ; une autre au révérend Thomas Young, un missionnaire américain installé avec sa femme à Taunay, dans le Mato Grosso, et une troisième à son beau-frère Charles C. Kaiser, l'époux de sa sœur Marion. Et, dans ces trois-là, il est tout à fait possible qu'il n'ait pas laissé uniquement des instructions.

Quain est arrivé au Brésil en février 1938. Il a débarqué à Rio de Janeiro la veille du Carnaval. Il est descendu dans une pension de la Lapa, repaire de tous les vices, des malfrats et de la prostitution. Un an et cinq mois plus tard, il était mort. En apprenant la nouvelle, plusieurs de ses collègues de l'université de Columbia à New York se sont demandés si son séjour au Brésil ne faisait pas partie d'un processus suicidaire délibéré, d'autres ont soupçonné un assassinat. Il était allé au Brésil en principe pour étudier les Indiens Karajá dans le cadre de l'expédition qui a fini par être réalisée par un autre anthropologue de Columbia, William Lipkind et sa femme. Quain a changé ses projets en arrivant à Rio. Les Indiens Trumaï, inaccessibles le long du Coliseu dans le haut Xingu, étaient en voie d'extinction et représentaient un défi bien plus grand que les Karajá, déjà connus et acculturés, défi dont le jeune ethnologue intrépide et ambitieux ne pouvait prévoir les conséquences ni en mesurer la portée au moment où il en fit l'objet de sa vaine obstination. Son expédition solitaire chez les Trumaï tout au long de l'année 1938 fut marquée par des vicissitudes, des imprévus, des frustrations et des contrariétés qui aboutirent à l'interruption de sa recherche de terrain et à un mécontentement des instances gouvernementales de l'Estado Novo et à son retour forcé à Rio de Janeiro en février 1939. Un aléa qui ébranla davantage encore son état d'esprit déjà instable.

Son retour à contrecœur dans la capitale coïncida avec la venue au Brésil d'un collègue de l'université Columbia,

Charles Wagley, qui arrivait en bateau des États-Unis pour étudier les Tapirapé, et aussi avec le passage de Ruth Landes dans cette ville – la jeune anthropologue de New York était dans le pays depuis plusieurs mois dans le but d'étudier les Noirs et le *candomblé* à Bahia. Tous trois étaient parmi les étudiants préférés de Ruth Benedict, une des représentantes principales du courant anthropologique célèbre pour avoir associé Culture et Personnalité dans une tentative d'expliquer le comportement par les rapports sociaux et de relativiser ainsi les notions de normalité et d'anomalie telles qu'appliquées aux individus. Au milieu des années 30, dans le sillage du New Deal, le département d'anthropologie de l'université de Columbia dirigé par Franz Boas a accueilli des étudiants attirés par une pensée libérale qui se proposait d'extirper de façon scientifique les racines des préjugés sociaux. Des témoignages d'étudiants et de collègues attribuent à Ruth Benedict une préférence pour les étudiants en désaccord avec le monde auquel ils appartenaient et en quelque sorte inadaptés au modèle de la culture américaine. Il est possible qu'elle ait reconnu en eux une part d'elle-même et qu'elle les ait protégés.

Isolée depuis peu à la frontière avec le Canada, dans la région des Montagnes Rocheuses où elle s'était retirée au début de son année sabbatique, Ruth Benedict a rédigé une lettre pour la mère de Quain après avoir appris le suicide de son élève : “Ma secrétaire vient de me télégraphier et au milieu de ma propre peine je ne pense qu'à la vôtre. C'est un fils qui vous a toujours causé des soucis. C'est navrant. Buell, parmi tous mes élèves, occupe une place particulière dans mon cœur et en cet instant je ne pense qu'à la perte que constitue sa disparition et je déplore sa souffrance dont nous ne connaissons pas encore les raisons. Je n'oublierai jamais son ardeur au travail et en le publiant je suis heureuse de pouvoir aider à le placer à l'avant-garde de la recherche de terrain. Il a réalisé de grandes choses et je suis intimement convaincue qu'il aurait voulu en accomplir encore bien d'autres. Je suis transpercée de douleur. Que Dieu vous réconforte dans votre souffrance."

Buell Quain fut accepté dans les cours de troisième cycle du département d'anthropologie à Columbia après avoir obtenu une licence de zoologie en 1934 à l'université du Wisconsin, à Madison. Au cours de ses études, il s'est intéressé à plusieurs autres domaines, notamment à la littérature et à la musique. Dans sa préface au livre *Flight of the chiefs*, où le jeune ethnologue a transcrit des légendes et des chants collectés dans un village de Vanua Levu, une des îles Fidji du Pacifique Sud, à l'occasion de son premier travail de terrain alors qu'il avait tout juste vingt-quatre ans, publié en 1942 après sa mort, son ancien professeur d'anglais à Madison, William Ellery Leonard, auteur d'une version en anglais du poème épique babylonien *Gilgamesh* dont le thème de l'amitié, de la mort et de la quête de l'immortalité avait attiré tout particulièrement l'attention de Buell pendant ses années de faculté, exalte l'esprit d'aventure et dresse un inventaire des voyages de son ex-étudiant dans le monde entier tout en déplorant sa mort prématurée au fin fond du Brésil. À la fin de ses études secondaires, à seize ans, Buell avait déjà traversé les États-Unis en voiture. En 1929, avant d'entrer à l'université, il avait passé six mois en Europe et au Moyen-Orient, parcourant l'Égypte, la Syrie et la Palestine. L'année suivante, il s'était rendu en Russie pour les vacances. Ses examens terminés, en février 1931, il a embarqué comme matelot à bord d'un vapeur pour Shanghai pour un voyage de six mois. En 1935 il était à New York et l'année suivante à Fidji. Dans une lettre à la mère de Buell, quelques mois après la mort de l'ethnologue, Heloísa Alberto Torres se déclarait ébahie par tout ce qu'il avait réussi à faire en si peu de temps : "Il était si jeune et il avait déjà vu tant de choses. Quelle vie extraordinaire !"

Le plus incroyable dans les naissances est l'euphorie aveugle dans laquelle les parents noient les risques et les impondérables attachés à leur création toute neuve, l'espoir avec lequel ils la reçoivent qui les poussent à transformer en heureux présage leur incapacité à prévoir l'avenir et leur conscience de l'inutilité de toutes les mesures de précaution. S'il n'en était pas ainsi, il est fort probable que l'être humain aurait disparu de la face de la terre de la main même de mères dévouées et criminelles. Buell Halvor Quain est né le 31 mai 1912 à 11h53 du soir à l'hôpital de Bismarck, capitale du Dakota du Nord. L'acte de naissance précise que les précautions nécessaires contre l'ophtalmie néonatale furent prises, mesures courantes à l'époque pour éviter la transmission des maladies vénériennes aux nouveau-nés. Presque cinq ans après le suicide de Buell, dans une lettre du 31 mai 1944, jour de son anniversaire, sa mère a écrit à Heloísa Alberto Torres : "Cela fait trente-deux ans ce soir qu'il est né. Quand il était petit, il répondait toujours aux personnes qui lui demandaient à quelle heure il était né : à 'dix minutes de juin'. Il y a cinq ans, il m'a écrit de Carolina sa dernière lettre d'anniversaire."

Eric P. Quain, le père de Buell, avait quarante et un ans lorsque son fils est né. Il était médecin-chirurgien. Né en Suède, il a été un pionnier de la médecine dans le Middle West. Il a reçu son diplôme en 1898 et a introduit les méthodes chirurgicales modernes à Bismarck, sans parler du premier appareil à radiographier. La clinique qu'il a fondée en 1907 est encore un des principaux centres hospitaliers de la région et ce n'est que tout récemment qu'elle a cessé de s'appeler Quain and Ramstad Clinic.

Fannie Dunn Quain avait trente-huit ans. C'était son troisième accouchement, le deuxième mené à bonne fin. Le couple avait déjà une fille, Marion. Fannie était médecin comme son mari, diplômée elle aussi de l'université du Michigan à Ann Arbor. Elle fut la première femme du Dakota à obtenir un diplôme en médecine. Après son mariage le 25 mars 1903, elle a abandonné la profession pour se consacrer à son foyer. Cependant, elle a participé activement tout au long de sa vie à des œuvres philanthropiques en rapport avec la santé publique et l'éducation. Elle était membre du conseil pédagogique du lycée de Bismarck lorsque Buell est né, elle a milité pour la création d'un sanatorium destiné aux tuberculeux de son État et a participé à la convention du parti démocrate en 1936.

Fannie et Eric Quain se sont séparés peu de temps avant le suicide de leur fils. Refusant la mort de Buell, semble-t-il, en dépit de ce que sa fille Marion révélerait par la suite à Ruth Benedict dans une lettre étrange et pleine d'amertume, son père a mobilisé ses connaissances et fait appel à un sénateur influent du Dakota du Nord, Gerald Nye, pour qu'il dépose une demande d'ouverture d'enquête auprès du département d'État. L'affaire n'est pas allée plus loin, une fois que les preuves irrécusables du suicide furent établies.

Après la mort de son fils, Eric Quain s'est installé sur la côte Ouest, où la famille de sa fille lui rendait visite, du moins pour les fêtes de fin d'année, encore que certains indices montrent que père et fille ne s'entendaient pas très bien. Il s'est remarié et a continué à exercer la médecine jusqu'à sa mort à Salem, dans l'Oregon, en 1962. Fannie Quain a tenté de surmonter sa solitude, le souvenir de son fils et la difficulté de vivre "au milieu des objets qu'il avait rapportés des quatre coins du monde". Au début, elle s'est arrangée pour rester loin de chez elle, de façon à ne pas avoir à vivre dans le silence éloquent des objets, à commencer par le piano qui était "la chose qu'il aimait le plus et qui maintenant était silencieux." En 1939, elle est allée avec sa fille à Chicago et dans l'Oregon où elle a passé Noël non loin du mont Hood, dans les environs de Portland. Elle a rendu visite à des parents en Californie. Mais, surtout, elle s'est trouvé une mission et avec l'aide de Ruth Benedict et du fonds laissé par Buell, elle a entrepris de publier les notes prises par son fils à Fidji (outre *Flight of the chiefs*, un autre récit concernant les dix mois qu'il avait passés entre 1935 et 1936 parmi les indigènes de Vanua Levu fut publié en 1948 sous le titre de *Fijian village*). Elle a aussi étudié la linguistique pour pouvoir préparer les manuscrits de son fils consacrés à la langue des Krahô. On se rend compte en lisant sa correspondance avec Heloísa Alberto Torres à quel point elle était angoissée. Si l'on met de côté les difficultés du moment où soudain elle s'est vue seule au monde, suite à son divorce récent et à la mort de son fils, on perçoit dans ces lettres une anxiété étrange comme si, bien plus que de vouloir connaître la raison du suicide de son fils, elle craignait que celle-ci soit déjà connue ou que quelqu'un ne la découvre. Elle est morte en 1950 à l'âge de soixante-seize ans.

Deux mois avant de se tuer, l'anthropologue fait état dans ses lettres de "problèmes familiaux" qui l'obligeaient à interrompre son travail sur les Indiens et à rentrer aux États-Unis. Il écrit à dona Heloísa le 5 juin 1939 : "La somme que vous m'avez envoyée me permet de rentrer à New York en passant par Bahia ou par Belém. Malgré mon désir de retourner à Rio de Janeiro, des affaires de famille exigent ma présence aux États-Unis. Je vous ai touché un mot d'une maladie dans ma famille, mais ce n'est pas tellement cela qui me préoccupe. Mes parents viennent de passer par un divorce qui a duré six mois. Ils ont presque soixante-dix ans et ils se sont haïs pendant trente ans ou plus. Mon père souffre d'une forme atténuée de dégénérescence sénile, c'est peut-être ce qui l'a poussé à fouiller dans le passé ces six derniers mois. Vous me trouverez peut-être exagérément matérialiste, mais il faut que je rentre en Amérique dans l'espoir de sauver un petit avoir et de le mettre au service de l'ethnologie. Je crains toutefois que cela ne soit trop tard."

Heloísa Alberto Torres était une dame active et influente. Elle était grosse et très pâle, avec des cheveux teints en bleu, selon la description d'Alfred Métraux, anthropologue franco-suisse spécialiste de l'Amérique latine qui avait fait plusieurs voyages au Brésil. Elle avait dû être une femme intéressante dans sa jeunesse. Elle venait d'une famille de la haute bourgeoisie de Rio. Elle avait toujours fréquenté les hautes sphères du pouvoir. Comme directrice du Musée national, elle avait su conserver son influence et s'acquitter de ses fonctions pendant toute la durée de l'Estado Novo. Elle était la responsable principale des quatre jeunes anthropologues américains qui travaillaient à l'époque au Brésil en vertu d'un accord entre l'université de Columbia et le Musée national – outre Buell Quain lui-même, il y avait dans le pays ses collègues Charles Wagley et Ruth Landes, plus William Lipkind avec qui, à l'origine, il devait faire partie de l'expédition Karajá. Parmi les lettres écrites quelques heures avant son suicide, une était destinée à dona Heloísa. Jusqu'alors, elle avait été une sorte de mère protectrice, et parfois dominatrice, pour les jeunes ethnologues de Columbia. Il n'est pas difficile d'imaginer ce qu'elle a dû ressentir en recevant cette lettre :

"Chère dona Heloísa,

Je suis en train de mourir d'une maladie contagieuse. Vous recevrez cette lettre après ma mort. La lettre devra être désinfectée. J'ai demandé que mes notes et le magnétophone (sans un seul enregistrement, veuillez me pardonner) soient envoyés au Musée. Ayez l'amabilité de faire parvenir mes notes à Columbia.

Ne pensez pas le pire de moi. J'ai apprécié votre amitié. Mais je ne peux pas terminer le catalogue de la collection que les Indiens vont emballer et vous envoyer. J'ai demandé qu'on vous expédie deux *contos* en dédommagement de mon échec. En attendant, si vous recevez une pièce quelconque de la collection, pensez aux Indiens et veuillez envoyer ce que vous jugerez bon à Manoel Perna, à Carolina.

J'espère que Lipkind et Wagley répondront à vos attentes.

Sincèrement vôtre,

Buell Quain"

Ils s'appelaient João et Ismael. Les deux Indiens qui l'accompagnaient, deux jeunes gens qu'il avait enrôlés pour le guider quand il a quitté le village le 31 juillet, ont raconté à Manoel Perna, l'ingénieur de Carolina et le seul ami de l'ethnologue dans la ville, qu'à la tombée du soir le deuxième jour de leur équipée, alors qu'ils avaient encore presque quatre-vingt-dix kilomètres de marche devant eux selon la version officielle, Quain Buele, comme ils l'appelaient dans la langue des Blancs, ou encore Cãmtwyon, comme ils l'avaient baptisé en langue krahô, voulut passer la nuit près d'un marais, il a demandé à s'arrêter, disant qu'il était fatigué et qu'il ne pouvait pas aller plus loin. D'après les Indiens, l'ethnologue ne manifestait aucun symptôme de maladie physique. Sa prostration était psychologique et durait déjà depuis plusieurs jours, depuis qu'il avait reçu la dernière lettre de chez lui.

Dans la lettre qu'il a envoyée à dona Heloísa le 12 août 1939 pour confirmer le télégramme qu'il lui avait déjà adressé la veille pour lui annoncer le suicide de Quain,

Manoel Perna écrit, à propos de l'anthropologue : "Il est regrettable que sa disparition ait eu lieu de façon aussi douloureuse. Nous ignorons encore les motifs de ce geste. Mais d'après des renseignements recueillis de source que nous jugeons sûre, nous sommes en mesure d'affirmer qu'il s'agit de raisons familiales. Aux dires des Indiens, dernièrement, lorsqu'il a reçu des lettres de ses parents et de sa famille, il s'était montré très contrarié, allant jusqu'à dire que les nouvelles qu'il avait reçues n'avaient rien d'agréable, et il avait ensuite déchiré et brûlé ces lettres."

3. *Ceci est pour quand vous viendrez. Il y eut tout juste neuf nuits. Si j'ai agi comme si j'ignorais les raisons qui l'ont poussé au suicide, c'est pour éviter une enquête. La police a pris connaissance de l'affaire et à la demande des Américains, elle a récapitulé les faits et dressé un inventaire des biens du défunt. Ne me jugez pas mal. Je n'aurais pu répondre à aucune question. Le silence est un fardeau que j'ai porté pendant des années, aussi longtemps que je vous ai attendu. Je ne peux plus risquer que tout disparaisse avec moi. Il est clair que si j'avais eu connaissance du contenu des lettres qu'il a reçues avant de se tuer, je n'aurais pas envoyé mon frère dans le village indien uniquement pour remettre au Dr Buell les missives arrivées au début de juillet quand il était déjà retourné chez les Indiens, plusieurs semaines après son deuxième passage à Carolina, lorsqu'il était venu en ville chercher de l'argent et des vivres, mais surtout, encore qu'il n'en ait pas soufflé mot, parce qu'il n'avait pas envie de passer son anniversaire seul dans le village krahô. J'y serais allé moi-même si j'avais su que l'une de ces lettres que je lui envoyais était une sentence de mort, j'y serais allé seul et à pied, en cas de besoin, pour le ramener en toute sécurité en ville. Il m'avait fait promettre de lui envoyer les lettres par un porteur dès qu'elles arriveraient. Il attendait une réponse. Et je ne doute plus aujourd'hui que c'était votre*

réponse qu'il attendait avec une impatience aussi anxieuse. Je vous demande de me pardonner. Je sais que je vous ai laissé dans l'incertitude, mais je ne peux pas vous garantir qu'il l'a reçue. Avant de les confier à mon frère, j'ai lu parmi les enveloppes du dernier courrier arrivé début juillet par l'avion de la Condor le nom d'un expéditeur que je reconnaîtrais ensuite parmi les destinataires des lettres qu'il a écrites pendant les heures qui ont précédé sa mort, la lettre entre toutes les autres que j'ai justement décidé de garder malgré tout ce que vous pouvez penser, en souvenir du Dr Buell et pour protéger les Indiens, la lettre qui vous était destinée. Les Indiens ont dit qu'il avait vécu dans un état d'enfermement en lui-même terrible après avoir reçu le dernier courrier que je lui avais fait parvenir par mon frère, un isolement qu'on ne lui avait pas connu précédemment pendant son séjour au village. Ce furent les lettres qu'il brûla en revenant pour la dernière fois à Carolina et qui lui fournirent le feu et la lumière nécessaires pour écrire celles qu'il laissa en pleurant abondamment avant de se suicider au milieu de la nuit. Toutefois, personne n'a jamais été au courant de la lettre qui vous était destinée. Quand il a décidé qu'il ne pouvait plus rester dans le village et qu'il a communiqué cette décision aux Indiens ("J'ai demandé aux nuages qu'ils m'emmènent loin d'ici et il ne s'est rien passé", aurait-il dit à une Indienne, mais je ne vous demande pas de la croire, la vérité dépend uniquement de la confiance de celui qui l'entend), il a allégué avoir reçu de mauvaises nouvelles de chez lui. Il a dit aux uns que son père avait abandonné sa mère âgée et sans ressources – mais comme il m'avait déjà parlé de cela lors de son dernier séjour à Carolina, il ne pouvait s'agir de la mauvaise nouvelle qui l'avait mis dans cet état. Aux autres, il a dit que sa femme l'avait trompé avec son frère – mais je savais très bien qu'il n'avait pas de frère. Il n'a pas parlé de maladie aux Indiens. Il ne voulait pas les effrayer. Il a préféré réserver aux Blancs le motif de la maladie contagieuse, leur demandant de désinfecter ses lettres avant de les lire. C'est en tout cas la raison qu'il a donnée à dona Heloísa et, d'après ce que je sais, à son professeur aux États-Unis aussi. Et c'est la raison qu'il m'a donnée dans la lettre qu'il m'a envoyée, sachant que je la garderais pour moi. Personne en dehors de moi n'a été au courant de l'existence de la lettre qui vous était destinée. Je vous ai attendu pendant toutes ces années. Le poids de la culpabilité est venu s'ajouter à celui du silence. Mais à l'époque je n'avais pas le choix. Quelques jours plus tard, tout était oublié et la ville est retombée dans son calme habituel. Il est difficile de croire que les hommes qui, en apprenant l'arrivée de l'ethnologue américain cinq mois plus tôt, l'avaient aussitôt assailli et invité à la fête d'inauguration de la Casa Humberto de Campos, qu'ils avaient baptisée Academia Sertaneja de Letras, se souvenaient aujourd'hui à peine de son nom ou de son passage dans la ville. Les hommes illustres de Carolina. Qui suis-je pour dire ce que je pense ? Ils me prennent pour un ignorant, mais je ne suis pas bête. Si cela peut les rendre heureux, je leur fais toutes les courbettes qu'ils veulent. L'homme qui est arrivé en ce lourd après-midi de mars était un être tourmenté. Il était plein d'appréhension la veille de son départ pour le village. Et je ne sais plus si c'était parce qu'il ne savait pas ce qui l'attendait ou justement parce qu'il le savait. Je me demande parfois à quel moment il s'est mis à imaginer ce que personne ne serait capable d'imaginer et si en réalité il n'était pas venu ici pour mourir. Le fait est qu'il est allé à la fête des intellectuels. Il avait l'air troublé, intimidé par la cohue. La ville entière avait été convoquée pour entendre les discours de la cérémonie d'inauguration de la société littéraire. Il ne pouvait pas me voir au milieu de la multitude qui se pressait à l'intérieur et autour du bâtiment de l'école, se bousculant aux portes et aux fenêtres pour essayer vainement d'entendre ce qui se disait là-dedans. Mais ce fut là que j'aperçus ses yeux pour la deuxième fois.

4. Personne ne m'a jamais posé de question et je n'ai donc pas eu à répondre. Tout le monde voudrait savoir ce que savent les suicidés. Au début, je me suis laissé aller à la supposition facile qu'il ne pouvait s'agir que d'une mort passionnelle et j'ai concentré ma recherche sur cette hypothèse. Quelqu'un d'autre était sûrement impliqué. Personne ne peut être totalement seul au monde. Il y avait sûrement une lettre dans laquelle il dévoilait ses désirs et ses sentiments. Le matin du 8 mars 1939, pendant qu'il attendait les mules et le ravitaillement pour le voyage de six jours jusqu'au village de Cabeceira Grossa, Quain en a profité pour mettre à jour sa correspondance, assis devant sa machine à écrire. Il avait l'intention de s'isoler dans le village pendant une période initiale de trois mois. Il ne pouvait guère escompter qu'un messager ou un porteur se présente pendant ce laps de temps. Il n'envisageait pas de retourner à Carolina avant juin. J'ai

lu trois de ces lettres. La plus longue était adressée à Ruth Landes, sa collègue de Columbia qui étudiait le *candomblé* au Brésil. Les deux autres étaient destinées respectivement à dona Heloísa et à Maria Julia Pourchet, l'assistante de celle-ci, dont il avait fait la connaissance lors de son passage à Rio de Janeiro. Dans sa lettre à la directrice du Musée national, Quain évoquait des questions pratiques, enregistrement auprès de la police de São Luis, envois d'argent et frais de cadeaux pour les Indiens. Dans celle destinée à Maria Julia Pourchet, il décrivait avec beaucoup de retenue ses premières impressions de Carolina.

Je n'ai appris l'existence de cette lettre que lorsqu'on m'a conseillé de prendre contact avec une dame, professeur d'anthropologie à l'université de São Paulo, dont la tante, elle aussi anthropologue et décédée depuis, aurait rendu visite à la mère de Quain aux États-Unis en 1940, peu de temps après la mort de l'ethnologue. J'ai obtenu son numéro de téléphone et je l'ai appelée et, bien qu'elle ignorât cette prétendue visite de sa tante à Fannie Quain aussitôt après le suicide de son fils, elle n'a pas hésité à me révéler ce que j'aurais eu beaucoup de mal à imaginer et que je désirais tellement savoir quand je lui ai parlé pour la première fois de Buell Quain et de la raison de mon appel téléphonique. "Il a eu un flirt avec maman, longtemps avant ma naissance, bien entendu", a-t-elle déclaré dès qu'elle a entendu ce nom très particulier.

Sa réponse m'a laissé pantois, d'autant plus que je m'efforçais vainement de découvrir le nom d'une éventuelle femme du jeune anthropologue depuis que j'avais jeté les yeux sur une lettre dans laquelle il demandait au président du Conseil de contrôle des expéditions artistiques et scientifiques au Brésil une autorisation pour sa recherche de terrain en arrivant dans le pays en 1938 et où il se déclarait “marié”, bien qu’aucun indice ni aucune autre référence à une quelconque épouse n’aient figuré dans un autre document, ni dans une lettre datant d’avant ou d’après sa mort.

J’en suis resté comme paralysé un instant. “Mais il était marié!” me suis-je hasardé à dire. A quoi l’anthropologue a rétorqué d’un ton mi-vexé mi-indigné: “Pas du tout. Il ne s’est jamais présenté comme tel dans le monde à Rio de Janeiro. Ni d’ailleurs non plus à ma mère.”

Je pensais qu’une histoire d’amour expliquerait tout. Nous nous sommes donné rendez-vous à l’université où elle m’a confirmé ce qu’elle m’avait dit au téléphone et, avant même que je ne puisse toucher à la lettre, elle a insisté pour me la lire en anglais, avec des pauses et des intonations pour me signaler, en haussant les sourcils et en me regardant, les passages qui lui semblaient significatifs et qui ne me disaient absolument rien:

“Chère dona Júlia,

Je vous envoie juste ce petit billet. Je pars dans les deux heures qui suivent pour le village krahô. Un groupe d’Indiens, qui se trouvait à Carolina quand je suis arrivé, ainsi que moi-même attendons des pantalons et des chemises. Ces vêtements sont pour eux. Je n’avais pas la moindre intention de leur en acheter car ils sont bien mieux sans, mais ils ont insisté.

Hier soir, j’ai assisté à une cérémonie d’hommage à Humberto de Campos. J’ai entendu une dizaine de discours brefs sur sa vie et sur son œuvre. J’ai été époustouflé par l’intérêt de la population de Carolina pour les sujets littéraires. Les gens se bousculaient aux portes et s’entassaient aux fenêtres pour écouter les allocutions. Je n’en ai compris que la moitié, mais j’ai été frappé par le sérieux et l’intérêt de l’auditoire.”

Cette dame m'a aussi montré la reproduction d'un portrait photographique de Quain que je connaissais des archives d'Heloísa Alberto Torres et dont il aurait offert une copie à sa mère. Sur cette photo, il est assis sur une chaise, face à l'appareil, et il est vêtu d'une chemise blanche. Il a une expression ironique et de défi. "Il y a une dédicace au verso de l'original. Rien qui puisse révéler l'existence d'un flirt, évidemment, comme on disait à l'époque. Maman parlait énormément de lui. C'était un beau garçon, grand, brun, très différent de l'Américain moyen. Quand ils se sont quittés, avant qu'il ne prenne l'avion, il lui a promis de réfléchir. Vous comprenez ce que je veux dire, n'est-ce pas ? Il allait réfléchir sérieusement à l'éventualité d'un engagement plus durable", a-t-elle dit, toujours sans me permettre de toucher à la lettre.

Elle ne pouvait soupçonner pourquoi j'étais si avide d'avoir une copie de ce document et pourquoi j'avais ce sourire nerveux sur les lèvres depuis qu'elle avait commencé à me le lire. Si, d'une part, le "petit billet" me décevait – contrairement à ce qu'elle essayait de me faire croire, il ne prouvait nullement l'existence d'une histoire d'amour –, d'autre part je découvrais qui était la dona Júlia dont il parlait dans une autre lettre écrite ce même matin avant de partir pour le village, pendant qu'il attendait les mules et le ravitaillement, et dont une chercheuse canadienne m'avait aimablement fourni une copie environ un mois plus tôt. Dans la lettre à Ruth Landes, les faits relatés à Maria Júlia Pourchet étaient vus d'un œil différent et surtout dans d'autres termes, plus sarcastiques, plus véridiques et plus honnêtes, avec l'intimité, la complicité et le désespoir de quelqu'un qui se confie à une amie :

"Chère Ruth,

Carolina est un endroit assommant, composé d'analphabètes et d'intellectuels. Les intellectuels portent des costumes blancs et des cravates et ils appartiennent à une société littéraire. Je me suis joint à eux lors d'une cérémonie d'hommage à Humberto de Campos, grand poète du Maranhão. Dix orateurs ont pris la parole: la vie du poète en dix parties. Notamment: Humberto le moraliste; Humberto l'humanitaire; Humberto l'humoriste et enfin Humberto le philosophe. Tout cela aurait pu être fort sympathique, sans le côté pompeux ridicule. Et pour finir, j'ai été un peu déçu d'entendre un jeune avocat de Rio de Janeiro (qui a sans doute fait ses études à Rio, mais qui vient du Nord, à mon avis) déclarer qu'on ne "peut parler d'Humberto en tant que philosophe sans rappeler qu'il a beaucoup souffert. Humberto le grand souffrant..." Et on constate alors qu'il était un stoïque car il a toujours souri. Ce dernier orateur a été acclamé à tout rompre et proclamé le meilleur de tous.

J'ai rencontré un groupe d'Indiens Krahô et ils m'ont paru affreusement obtus. Ils ont des coupes de cheveux amusantes, des oreilles percées, et continuent à se balader à poil en ville.

Il y a des tas de choses à propos des Brésiliens et des villes brésiliennes qui me donnent envie de me mettre nu et de me masturber en public. Mais j'essaie de me retenir. Sérieusement, il est difficile d'être franc même avec des personnes relativement sophistiquées comme dona Julia. Et je suis furieux contre vous pour lui avoir tellement parlé de moi."

Qu'est-ce que Buell Quain voulait tellement cacher?

5. Le professeur Luiz de Castro Faria m'a reçu à Niteroi en fin d'après-midi. Je revenais des archives d'Heloísa Alberto Torres à Itaborai. Il faisait une chaleur à crever. Castro Faria est une des dernières personnes encore en vie à avoir connu Quain lors de son séjour au Brésil. Nous avons bavardé dans la bibliothèque de son appartement à Icarai. En 1938, à vingt-quatre ans, il a participé en tant qu'anthropologue du Musée national et membre du Conseil de surveillance à l'expédition historique dans la Serra do Norte qui a mené Lévi-Strauss dans le Mato Grosso jusqu'à Porto Velho entre le 6 juin et le 14 décembre et qui est relatée en grande partie dans *Tristes tropiques*, devenu très vite un classique de l'anthropologie. L'Estado Novo exigeait qu'un scientifique brésilien soit présent dans les expéditions étrangères pour exercer une sorte de contrôle, personnage que Lévi-Strauss lui-même qualifie avec pas mal d'antipathie "d'inspecteur fiscal." Il y a une photo datant de 1939 sur laquelle dona Heloísa est assise au milieu d'un banc

dans les jardins du Musée national entre Charles Wagley, Raimundo Lopes et Edson Carneiro à sa droite, et Claude Lévi-Strauss, Ruth Landes et Luiz de Castro Faria à sa gauche. Aujourd'hui, tous sont morts, sauf Castro Faria et Lévi-Strauss. Mais à l'époque il y avait déjà un absent sur la photo que je n'ai remarqué qu'après avoir commencé mon enquête sur Buell Quain. Il était encore vivant alors et se trouvait chez les Krahô. L'image est d'une certaine façon un portrait de lui *in absentia.* Toute photographie comporte un élément fantasmagorique. Mais dans celle-ci, c'est encore plus renversant. Toutes les personnes photographiées ont connu Buell Quain et au moins trois ont emporté dans la tombe des choses que je ne saurai jamais. Mon obsession est telle que je me suis surpris plusieurs fois, la photo à la main, intrigué, hypnotisé, à essayer vainement d'arracher une réponse des yeux de Wagley, de dona Heloísa ou de Ruth Landes.

A quatre-vingt-huit ans, Castro Faria est un homme lucide, s'exprimant très bien et doté d'une mémoire souvent meilleure que la mienne, bien que sujette, comme celle de n'importe qui, aux distorsions provenant d'impressions subjectives. Il a parlé de Quain sans se fatiguer pendant plus d'une heure. Au début il s'est montré quelque peu réticent. Ils ne sont jamais devenus des amis: "Mes relations avec lui sont restées superficielles. Il a toujours été très courtois avec moi. Nous n'avons jamais été intimes. Comme je ne le fréquentais pas, nous nous croisions simplement et je ne sais rien de sa vie privée. Quain n'était pas non plus spécialement ami de Wagley, je pense. Ils avaient fait leurs études ensemble. Étant tous deux des étudiants de Columbia, ils étaient nécessairement solidaires. Tous avaient été élèves de Franz Boas, ce qui est un signe de leur personnalité. Boas repérait les bons élèves. Il était le directeur des recherches anthropologiques menées par les

Américains au Brésil. Wagley avait mon âge. Nous étions toujours ensemble. Il était mon ami, un vrai ami. Il passait son temps au Brésil. Il a épousé une Brésilienne. Nous l'appelions Chuck. Il a fait son service militaire pendant la guerre, en tant qu'agent du service public. La mort de Quain n'a bouleversé personne. Pas même ses collègues de Columbia. Ce qui n'est pas rare en Amérique, où les gens sont très individualistes. Heloísa, elle, a été bouleversée, car elle était responsable de la recherche de Quain au Brésil. Être responsable de quelqu'un en ce temps-là était quelque chose de très sérieux car il fallait rendre des comptes aux autorités officielles qui exerçaient un contrôle omniprésent sur l'ensemble de l'espace brésilien et sur la recherche. Les organes de la répression étaient extrêmement actifs." Pendant qu'il parlait, je me suis souvenu d'avoir vu quelques heures plus tôt parmi les papiers gardés par dona Heloísa dans les archives de sa maison à Itaborai une lettre dans laquelle, plusieurs semaines après la mort de Quain, elle tançait le capitaine Angelo Sampaio, le commissaire de police de Carolina, comme s'il était un de ses étudiants ou un subordonné. Elle était très en colère, exaspérée par sa propre impuissance face à l'incompétence et à l'arriération de ses compatriotes. Ses demandes réitérées visant à récupérer ce que Quain avait laissé et qui avait été confisqué par la police du Maranhão n'avaient produit aucun effet, ce qui la plaçait dans une situation encore plus délicate vis-à-vis des autorités américaines et du département d'anthropologie de Columbia. Son autorité était mise à l'épreuve. Dans la lettre, elle exige la restitution une bonne fois pour toutes du matériel laissé par Quain et elle dit au capitaine que cette affaire est en train de devenir "une honte nationale".

Jouant les imbéciles, je l'ai interrogé sur l'apparence physique de Quain, sur ce que je savais déjà dans l'ensemble, en réalité davantage intéressé par l'impression qu'il avait laissée et par les réactions provoquées par son personnage que par son image réelle : "Il n'avait rien de particulier, il était jeune, très jeune." Gros ou maigre ? "Il n'était pas gros, pas gros du tout. Pas maigre non plus. Il avait un aspect banal, disons." Blond ou brun ? "Pas vraiment blond, non. Plutôt brun. Il n'avait rien de très particulier." Devant la difficulté d'arracher quoi que ce soit au vieux professeur, j'ai décidé de demander le contraire de ce que je voulais savoir. Était-il laid ? "Non il était plutôt bel homme, il avait l'air sympathique."

Peu à peu, Castro Faria s'est senti plus à l'aise et a parlé des "excentricités" du collègue américain, au point de mentionner plusieurs fois pendant notre conversation un dîner que Buell Quain lui avait offert dans un restaurant luxueux à Copacabana et qui l'avait beaucoup impressionné : "Je vais vous raconter une histoire dont la véracité sera sans doute impossible à vérifier. Wagley m'a dit un jour que lorsqu'ils étaient tous les deux étudiants à l'université de Columbia, il avait quelquefois payé les déjeuners de Quain avec l'argent de la bourse que lui, Wagley, recevait. Il n'a découvert que beaucoup plus tard que c'était Buell Quain lui-même qui lui avait octroyé la bourse. L'argent venait de lui. C'est fréquent aux États-Unis, les particuliers donnent de l'argent. C'était sa façon d'agir. Le bruit courait qu'il était très riche. Il était fils de médecins. Il avait beaucoup d'argent. Mais il avait horreur d'en faire usage. C'était une obsession. Il s'attachait à ne pas montrer qu'il avait des ressources et de toujours vivre dans des conditions qui dissimulaient sa vraie situation. Un jour, pour vous donner une idée, il m'a payé un dîner dans un restaurant de luxe à Copacabana alors qu'il habitait dans un hôtel de troisième catégorie dans la rue Riachuelo. Pour ne pas dépenser d'argent. Être riche lui faisait horreur."

La question de l'argent mériterait un chapitre à part. Tout d'abord, rien dans l'histoire familiale n'indique que

Quain venait d'un milieu particulièrement aisé, bien que la famille ne fût pas non plus pauvre, loin de là. Ses parents étaient des médecins du Middle West qui avaient fait une belle carrière. Pendant son travail de terrain au Brésil, le jeune ethnologue avait connu des moments difficiles. Il en parle dans une lettre à dona Heloísa datée du 27 mai 1939, quand il retourne à Carolina pour y chercher de l'argent : "Maintenant que l'argent est arrivé, je me sens bête d'avoir envoyé une demande aussi désespérée à Ruth. Les gens à Carolina se sont montrés très compréhensifs et j'ai obtenu tout le crédit dont j'avais besoin. Mais je préfère ne pas accumuler les dettes. Je suis retourné à Carolina pieds nus et mon apparence dépenaillée me sapait le moral. Ma seule excuse pour me trouver dans ce genre de situation, c'est que j'estime qu'il est important de consacrer le plus de temps possible au travail ethnologique. Mais je vous dois, ainsi qu'au Dr Othon (Leonardos, géologue au Musée national), une explication à propos du fait que je n'ai pas honoré le statut social que vos lettres m'avaient valu. J'ai de bonnes relations avec les amis du Dr Othon, mais mon apparence minable et mon mauvais portugais me rendent timide en leur présence. Je suis sûr que mon comportement leur semble celui d'un rustre."

La plus grande partie de l'héritage laissé par Quain provenait d'une assurance et de ses propres économies. Mais, curieusement, après sa mort presque toute la correspondance entre dona Heloísa, Manoel Perna, Ruth Benedict, la mère et la sœur de l'ethnologue tourne autour de l'argent qu'il a laissé, sans qu'aucun d'ailleurs tente d'y toucher, persuadés qu'ils étaient tous de la nécessité de le transmettre, de le faire parvenir à qui de droit, selon les instructions du défunt. Quelques années plus tard, dans d'absurdes intrigues de département, Ruth Benedict a été accusée par ses ennemis d'avoir envoyé Quain au Brésil avec l'idée d'hériter de lui, comme si elle avait prévu la mort de son élève et qu'elle avait été au courant de sa décision de faire don de ses biens à un fonds de recherche qu'elle serait chargée d'administrer, ce qui est totalement invraisemblable. Un bonne partie des lettres du mort ne traite pas d'autre chose. Toutefois, dans le cas de la bourse de Wagley à Columbia, il se peut que Castro se soit trompé, au moins dans les dates, car ce fonds d'aide à la recherche anthropologique de l'université n'a été créé qu'après la mort de Quain et sur ses instructions. Quant à l'histoire du restaurant de luxe, curieusement, ce n'est que bien plus tard que la référence à un autre dîner, également dans un restaurant à Copacabana, mais cette fois avec l'anthropologue Alfred Métraux, m'a révélé un aspect de la personnalité de Quain que personne ni aucun autre document consulté jusqu'alors n'avait osé évoquer directement.

D'aucuns ont tenté d'expliquer la mort de Quain par ses mirages. A la fin de 1938, en annonçant l'arrivée de Charles Wagley à Rio, William Lipkind a écrit à dona Heloísa : "C'est un garçon épatant. Ne le laissez pas poursuivre des mirages comme Buell." Lipkind faisait allusion à l'expédition avortée de son collègue chez les Trumaï le long du fleuve Coliseu. Cinq ans plus tard, le 30 avril 1943, dona Heloísa elle-même fut obligée de répondre à une enquête absurde d'un certain John J. Feller, de Saint-Louis dans le Missouri. Sa réponse donne une idée du point auquel peuvent arriver les mystifications :

"Cher monsieur,

Je regrette de vous décevoir, mais l'information que vous avez reçue selon laquelle Buell Quain se serait lancé à la recherche d'une légendaire Ville de l'or est totalement farfelue et dépourvue de fondement.

Buell Quain est un anthropologue qui a entrepris son travail de terrain chez certaines tribus vivant le long des affluents du Xingu dans le Mato Grosso. Ses rapports et ses notes de terrain présentent un intérêt strictement scientifique, sans aucune indication concernant des sujets tels que des équipées à la recherche d'or ou de villes disparues et n'ont d'autre utilité que leur valeur scientifique. Sa deuxième expédition au Brésil l'a mené parmi les Indiens Krahô qui vivent dans le sud du Maranhão. M. Quain est arrivé au Brésil en 1938 et, par conséquent, votre affirmation selon laquelle il aurait entrepris une expédition en 1937 est manifestement infondée."

"Le seul mirage que je veux bien admettre, c'est celui d'un monde sans riches, car c'était vraiment une idéologie chez lui. Il ne voulait pas avoir l'air riche. C'était son trait de caractère le plus marquant. J'en suis convaincu. Son invitation à dîner dans un restaurant de luxe à Copacabana alors qu'il habitait dans une pension minable à Lapa a été une expérience curieuse. Il y avait une opposition entre sa vie publique et sa vie privée, car il insistait sur le fait qu'il ne pouvait pas vivre sereinement dans la richesse, mais reconnaissait ce droit à ses amis. Il a toujours été obsédé par l'idée de ne pas paraître ce qu'il était en réalité. Il s'efforçait de garder sa vie privée à l'abri de tout contact extérieur", m'a dit Castro Faria.

Quand il a embarqué à Corumba, fin avril 1938, à bord de l'*Eolo*, le petit bateau qui le conduirait en remontant le Paraguay jusqu'à Cuiabá où il rencontrerait Lévi-Strauss, Castro Faria a été étonné d'apercevoir sur la couchette d'une cabine dont la porte était restée ouverte un livre de l'ethnologue allemand Von den Steinen, *Unter den Naturvölkern Zentral-Brasiliens*, qui relate son expédition jusqu'au haut Xingu dans la deuxième moitié du XIXe siècle. Il n'y avait pas encore de traduction en portugais de cet ouvrage considéré comme un précurseur et un classique de l'ethnographie au

Brésil. Le passager occupant cette cabine ne pouvait être que de cette même discipline. "Je l'ai rencontré à bord d'un bateau qui faisait le trajet entre Corumba et Cuiabá. J'ai inscrit dans mon journal: ethnologue à bord." Buell Quain allait de Porto Esperança à Cuiabá, d'où il avait l'intention de partir chez les Trumaï. A Cuiabá, à la stupéfaction de Castro Faria, le jeune ethnologue américain a aidé à décharger d'un camion les bagages de Lévi-Strauss, ce qui n'a fait que renforcer dans l'esprit du Brésilien l'idée que Buell Quain avait "la préoccupation constante de démontrer qu'il était un homme comme les autres, un simple homme de peine."

Devant mon insistance à connaître la vie privée de Quain, Castro Faria a fini par reconnaître qu'il avait effectivement entendu parler des excentricités du jeune Américain, mais en se bornant à répéter que, pour autant qu'il ait pu en juger, elles se limitaient au fait qu'il était riche tout en faisant de son mieux pour ne pas en avoir l'air. Je voulais savoir à tout prix si Quain était marié. Mon doute provenait de l'unique mention de son état civil (dans la demande d'autorisation adressée au Conseil de surveillance) figurant parmi tous les documents auxquels j'avais eu accès. Je cherchais un indice confirmant ou infirmant ce qui me semblait être le point crucial. J'ai demandé à Castro Faria si cela avait pu être une ruse de l'ethnologue ou du Musée national pour obtenir l'autorisation, en prévision des problèmes et des difficultés qu'il avait dû effectivement affronter lors de son expédition chez les Trumaï. "Du temps de Rondon, il y avait toute cette idéologie selon laquelle il ne fallait pas toucher aux Indiens, ni avoir de relations sexuelles avec eux, on pouvait le cas échéant mourir, mais en aucun cas tuer. Les modalités des contacts telles que déterminées par le Service de protection des Indiens laissaient beaucoup à désirer. Le fait que Quain fût un étranger a dû jouer un grand rôle. Il se peut que dans l'idéologie du SPI, qui était d'un purisme imbécile, il valait mieux que Quain soit marié. Les étudiants de Boas étaient encouragés à emmener leur femme car certains domaines de la culture autochtone n'étaient pas accessibles aux hommes. Il fallait avoir une femme pour parler avec les Indiennes des sujets interdits aux hommes. Si Quain avait vraiment été marié, je crois qu'il serait venu avec sa femme", a conclu Castro Faria, mais sans réussir à me convaincre.

Je ne sais si je dois cela à l'effet cumulatif de mon insistance, car tout à coup le vieux professeur est revenu spontanément à ce sujet, mais pour évoquer pour la première fois l'"instabilité" de Quain. "Pour autant que je sache, il n'était pas marié. Il l'avait peut-être été. Voyez-vous, c'était un Américain de la bonne bourgeoisie, il pouvait s'être marié et avoir divorcé. D'ailleurs, j'ai toujours entendu dire que ses parents étaient divorcés. Cela explique peut-être son instabilité. Il semble aussi que ses parents buvaient beaucoup. Il était difficile de vérifier s'il était instable. Il avait la réputation de l'être. En arrivant à Cuiabá, la première chose qu'il a faite a été de chercher un piano, ce qui n'est pas facile, mais je crois qu'il a fini par en dénicher un. Cuiabá était le bout du monde. Il passait pour un virtuose. C'était un musicologue. D'après ce que j'ai entendu dire, son livre sur Fidji est consacré à la musique et à la danse, domaines dans lesquels il se sentait le plus à l'aise. Il jouait du piano. Partout où il allait, il essayait de se procurer un piano. Et c'est ce qu'il a fait à Cuiabá." Je l'ai imaginé courant d'une maison à l'autre à la recherche d'un piano sous la chaleur humide et lourde de cette ville morte enclavée au cœur du Brésil. Quand j'ai raconté cette histoire à l'anthropologue pour la récompenser des premières informations qu'elle m'avait fournies, elle s'est exclamée que cela donnerait un film et qu'elle voyait déjà la scène. Sans doute envisageait-elle une production du genre de *Fitzcarraldo.*

“Nous nous sommes un peu fréquentés à Cuiabá. Puis, nous avons perdu le contact. Nos destinations étaient différentes. Il allait dans le centre du Brésil et nous, nous traverserions le Mato Grosso jusqu'à l'Amazone”, a poursuivi Castro Faria. J'ai demandé si Lévi-Strauss et Buell Quain s'étaient connus ou même s'ils n'avaient pas noué des liens d'amitié à Cuiabá. Après tout, ils étaient tous deux des anthropologues et des étrangers sur une terre lointaine et j'imaginais l'existence d'une éventuelle complicité entre eux. Castro a ri. “Non. C'était très difficile. Nous nous sommes rencontrés, Lévi-Strauss, Quain et moi, mais uniquement sur le plan officiel. Lévi-Strauss ne fréquentait personne. Vous devez comprendre, c'est un Français, un normalien avec une formation philosophique. C'est un homme avec son quant-à-soi, une attitude fréquente chez les philosophes, comme s'ils étaient des êtres à part. Ils passent leur temps à réfléchir à des choses complexes. Et c'est probablement ce qui explique que Lévi-Strauss soit tombé de son âne. Il a commis une erreur qu'un habitué des voyages et du travail de terrain ne ferait jamais : il a tiré avec un fusil du haut de son âne. Il est tombé et l'âne a détalé. Quant à Quain, c'était un homme très silencieux. Chaque fois que je l'ai rencontré, nos rapports ont été très officiels, notre chef à tous était Heloísa Alberto Torres. Il m'a toujours paru très sympathique. Mais je l'ai toujours senti un peu seul.”

Malgré ce que me disait Castro Faria, il me semblait improbable que Lévi-Strauss et Buell Quain n'aient pas noué de liens à ce moment-là, dès lors qu'ils étaient logés dans le même hôtel, l'Esplanada, appartenant à un Libanais. Tous les deux préparaient leurs expéditions respectives. En fait, comme je l'ai appris par la suite, ils ont vite sympathisé. Dans le rapport qu'il ferait un an plus tard sur les Indiens Krahô, Quain dit que son opinion a été influencée "par son contact avec Lévi-Strauss". Ils ont passé des soirées à bavarder à Cuiabá, ce qui explique que le jeune Américain ait recherché la compagnie de l'anthropologue français pour s'ouvrir à lui au moment où il en avait le plus besoin. Il était très angoissé à l'époque. A certains symptômes sur sa peau, il croyait avoir contracté la syphilis à la suite d'une aventure avec une fille qu'il aurait rencontrée à Rio pendant le Carnaval. Il a dit que cette fille lui aurait inspiré confiance car elle s'était prétendue infirmière. Lévi-Strauss lui a conseillé de retourner à Rio pour confirmer le diagnostic et se faire soigner, mais Quain ne l'a pas écouté. Quelques années plus tard, à New York, l'anthropologue français a raconté cette histoire à Ruth Benedict.

Quain a quitté Cuiabá le 17 juin pour rallier le Xingu et les Trumaï après de nombreux retards dus en grande partie à une infection de l'oreille. La veille, il a écrit à dona Heloísa pour lui annoncer son départ: "Vous aurez de mes nouvelles avant l'arrivée des pluies."

Presque un an après sa rencontre avec Lévi-Strauss à Cuiabá, pendant qu'il attendait les mules à Carolina avant de partir pour le village avec un groupe d'Indiens Krahô, Quain a décrit d'une façon très particulière à Ruth Landes ses premières impressions sur ses compagnons de voyage: "Le père du chef de village où je me rends était un esclave marron. Toutes les dents visibles de la mâchoire supérieure sont limées des deux côtés. Cette découpe des dents que vous avez dit être une caractéristique des Nègres (coins intérieurs limés des incisives supérieures) est aussi un symptôme commun de la syphilis congénitale; cela s'appelle les "dents de Hutchinson". On les trouve parfois chez les Brésiliens. J'ai déjà rencontré trois cas de ce genre depuis mon arrivée au Brésil. Je n'y ai pas pensé lorsque nous avons parlé des caractéristiques propres aux Noirs. J'aurais mieux fait d'y faire attention. Ou était-ce les coins extérieurs des incisives qui étaient limés ?"

Ruth Landes était une jeune fille juive de New York qui, après avoir vécu parmi les Noirs de Harlem, s'était lancée dans des études d'anthropologie et était allée au Brésil, à Bahia, pour y étudier le *candomblé*. Il est vraisemblable qu'elle se soit intéressée aux traits raciaux des Noirs. L'association légèrement trouble que Buell Quain fait de ces traits avec une condition pathologique déterminée est étrange, de même que le fait qu'il les détecte de temps à autre dans la vie quotidienne et qu'il regrette de ne pas leur avoir prêté davantage d'attention, comme si cela lui eût permis de mieux se défendre ou d'éviter quelque chose.

"Je n'ai jamais rien entendu dire à propos de son comportement sexuel, a dit Castro Faria. On a raconté des tas de choses après son suicide, y compris qu'il avait la lèpre. On n'a aucune preuve de quoi que ce soit. Quand la nouvelle de son suicide est arrivée – et ce genre d'histoire fait toujours sensation –, les gens ont pensé qu'il était peut-être malade. Ç'a été si inattendu. Un jour, il m'a dit : 'Castro Faria, il ne me reste plus rien à voir dans ce monde.' Il avait été matelot, le travail le plus rude, le plus humble de tous, à bord d'un navire qui faisait le tour du monde. Il m'a dit qu'il avait roulé sa bosse dans le monde entier, qu'il avait déjà tout vu. C'était un homme solitaire, très renfermé. Quand il affirmait avoir déjà tout vu, il voulait dire en fait que continuer à vivre n'avait plus aucun intérêt. Il ne fréquentait presque personne. Il n'a jamais appris le portugais, me semble-t-il, et il ne s'intéressait pas au Brésil. D'ailleurs, je n'ai jamais vu un seul livre de lui. Je répète ce qu'il m'a dit : 'Castro Faria, je n'ai plus rien à faire dans ce monde. J'ai déjà tout vu.' En réalité, son suicide a été totalement inattendu. Personne ne pouvait s'attendre à ce qu'un anthropologue américain, sorti de la meilleure école, se suicide ici, jeune et déjà consacré, car le bruit courait qu'il était un des étudiants les plus brillants de Boas et que celui-ci le tenait en grande estime. Et dona Heloísa éprouvait une considération particulière pour tous ceux qui lui étaient indiqués par Boas et qui allaient au Brésil."

6. *Ceci est pour quand vous viendrez et que vous aurez peur de continuer à chercher, étant déjà même allé trop loin. Il vous a sûrement parlé des ports qu'il a visités, de ce qu'il a vu dans le monde, toujours un peu plus loin, dans une quête circulaire sans fin, et aussi de ce qu'il a rapporté chez lui, pas les objets qui ont commencé à effrayer sa mère après sa mort, mais ce qui a marqué ses yeux à tout jamais, leur donnant cette expression qu'il s'efforçait vainement de masquer et que j'ai appris à reconnaître à Carolina quand par fatigue les masques tombaient, ses yeux remplis de ce qu'il avait vu en parcourant le monde, la mort d'un voleur sous le fouet dans une ville en Arabie, la terreur d'un petit garçon opéré par son père, la confiance de ceux qui lui demandaient de les emmener avec lui où qu'il aille, comme s'ils attendaient qu'il les sauve. Il m'a dit que personne ne peut imaginer la tristesse et l'horreur d'être pris pour une planche de salut par quelqu'un qui préfère s'abandonner sans défense au premier venu, lequel est peut-être un prédateur, plutôt que de rester là où il est. Et j'ai imaginé. Contrairement à vous, la seule question que je me pose encore concerne le moment où il a compris qu'il était perdu et qu'il a senti que quelqu'un pouvait voir en lui une planche de salut, le moment où il s'est rendu compte que tout pouvait encore être bien pire et qu'il y avait des gens encore plus bas que lui sur l'échelle de l'avilissement. Car cela a peut-être été l'instant où il*

a décidé qu'il descendrait lui aussi toujours un peu plus bas, ne serait-ce que pour leur tendre la main. Et quand il a eu besoin que je lui tende la mienne, il n'était déjà plus à ma portée. Je me demande comment les personnalités particulières se constituent. Si elles sont comme les autres, comme nous. Qu'est-ce qu'un homme peut avoir vécu dans son enfance pour avoir une cicatrice comme la sienne sur le ventre ? Quelle sorte de souffrance l'a mis en syntonie avec un univers pire que le sien ?

7. La situation des étrangers dans le Brésil de l'Estado Novo était délicate. Ils avaient l'impression d'être surveillés en permanence. Parmi les jeunes anthropologues de Columbia qui travaillaient dans le pays à la fin des années 30, Ruth Landes est probablement celle qui a le plus senti sur sa peau le climat d'ignorance et d'horreur, car elle avait des liens personnels et professionnels avec les intellectuels bahianais poursuivis, emprisonnés et intimidés par le régime qui les accusait d'être des communistes. C'est eux qui lui avaient facilité l'accès aux rituels du *candomblé*, objet de sa recherche. Sa correspondance avec Ruth Benedict est révélatrice. Dans une lettre de mai 1938, Ruth Landes dit à sa directrice de thèse qu'elle a reçu des "nouvelles attristantes" de Quain – retenu à Cuiabá par une infection aux oreilles – mais qu'il donnerait davantage de détails dans une lettre qui passerait par la Bolivie pour des raisons de sécurité. Ruth Landes s'excuse de son langage "un peu maladroit" et explique qu'elle aussi est obligée d'écrire ainsi pour des raisons de sécurité. La prostration de Quain était principalement due aux difficultés auxquelles il était confronté pour arriver jusqu'au Xingu sans les autorisations nécessaires. Son expédition solitaire chez les Trumaï s'achèverait par une convocation expresse lui intimant de

retourner à Rio de Janeiro couchée dans les termes suivants: "Conformément à la recommandation de Monsieur le lieutenant-colonel Vicente de Paulo Teixeira da Fonseca Vasconcelos, chef du Service de protection des Indiens, j'ai l'honneur par la présente de vous inviter à quitter le village des Indiens Trumaï où vous vous trouvez, dans la mesure où votre séjour là-bas constitue une infraction au règlement de ce service, Santé et Fraternité, Alvaro Duarte Monteiro, Inspecteur régional par intérim du ministère du Travail." Dans une lettre à Ruth Benedict, Heloísa Alberto Torres s'explique: "Certaines erreurs commises par M. Quain ont été interprétées par le Service comme des infractions à la loi et l'ont poussé à lui imposer des conditions très strictes s'il souhaite poursuivre ses recherches dans les villages indigènes." Castro Faria dit que c'était la pratique habituelle: "Même moi, qui étais membre-délégué du Conseil de surveillance dans l'expédition de Lévi-Strauss, j'avais besoin d'un sauf-conduit."

Dans une lettre de mars 1939 à Ruth Benedict, Ruth Landes écrit qu'elle vit "dans un état de solitude affective absolue", après "deux semaines d'horreur". Elle fait état d'une lettre précédente dans laquelle elle aurait relaté à sa directrice de thèse une "histoire d'espionnage à Bahia": "Si vous ne l'avez pas reçue, c'est sûrement parce qu'elle s'est 'égarée' plus ou moins délibérément."

A la veille de la guerre, il y avait aussi un sentiment anti-américain très vif dans l'air et les jeunes anthropologues de Columbia, déjà méfiants et réticents devant les méthodes du régime, se sentaient encore plus acculés, plus désemparés et plus seuls. Ruth Landes raconte qu'à Rio la pression et la peur étaient arrivées à un point tel que "tous les trois (Buell, Chuck et moi) avons dû aller avec dona Heloísa à la police pour obtenir un document d'identification pour les garçons."

Si Buell avait déjà quelque chose à cacher, la situation politique ne pouvait que le pousser davantage à la dissimulation et à une défense presque paranoïaque de sa vie privée. Dans la lettre qu'il a écrite à Ruth Landes le matin où il s'apprêtait à quitter Carolina pour se rendre dans le village krahô, il lui conseille de se méfier de tout: "Je suis préoccupé par vos relations avec dona Heloísa. Vous me direz probablement que je n'ai pas à me mêler de ce qui ne me regarde pas. Mais je pense que vous devriez la remercier de ses faveurs en vous faisant humble devant elle et en évitant de dire des choses qui pourraient avoir l'air de critiques hostiles au Brésil, en feignant de vous intéresser aux travaux des universitaires brésiliens et en allant même jusqu'à lui laisser croire qu'elle est la directrice de votre recherche. Il est évident que vous aurez avantage à passer inaperçue à Rio et à commencer votre travail sans rendre de comptes à qui que ce soit. Mais puisque dona Heloísa vous connaît déjà, elle continuera à s'intéresser à ce que vous faites. Et si vous aviez d'autres problèmes, elle pourrait vous être utile. C'est vraiment une femme influente. Ici, l'antagonisme contre les États-Unis est très fort. Les gens se gaussent de la politique de bon voisinage de Roosevelt. Un intellectuel auquel dona Heloísa m'a présenté écrit des pamphlets. L'un d'eux contient des affirmations du genre: 'Si l'Allemagne envahit le Brésil, les États-Unis nous défendront, mais il n'y a personne pour nous protéger de l'impérialisme américain.' Il m'est très difficile de réfuter ces assertions en portugais. En général, je prends un air bête et je laisse tomber."

J'ai questionné Castro Faria sur les répercussions du suicide du jeune ethnologue américain, vu le contexte. "Je ne crois pas que son suicide ait eu une répercussion quelconque au niveau national. Je ne sais même pas quelles ont été les répercussions au plan local. La mort dans l'intérieur du pays est très différente de celle qui se produit ici. Elle était complètement imprévisible, malgré les excentricités du défunt qui faisaient jaser. Surtout en ce qui concerne l'argent, sa manie de cacher qu'il pouvait résoudre tous ses problèmes matériels avec ses propres ressources et celles de sa famille. Son suicide n'a traumatisé aucun de nous. Il nous a surpris. Quain fut un accident dans l'histoire de l'anthropologie et des relations entre le Musée national et l'université de Columbia. Mais les relations ont continué sans problèmes."

Le climat de méfiance dans les rapports avec les anthropologues américains a pris des contours plus précis dans le cas de William Lipkind. Dona Heloísa montrait ouvertement sa préférence pour Quain et Wagler. "Ils ont beaucoup plus d'éducation, ils sont plus beaux et plus séduisants", expliquait Ruth Landes dans une lettre à Ruth Benedict. Sans compter que Lipkind était très imbu de sa personne et qu'il avait même marchandé avec dona Heloísa afin d'obtenir un meilleur prix pour le matériel indigène qu'il rapportait des villages grâce à son aide, ce qui naturellement l'a beaucoup irritée. "On prétendait que William Lipkind avait une réputation passablement compromise, parce qu'il envoyait des rapports politiques aux Américains. Je sais cela par ouï-dire, mais il paraît qu'un de ses rapports sur les Karajá contenait une allusion aux informations qu'il était censé envoyer au département d'État, il semblerait qu'il ait rempli – et avec lui beaucoup d'Américains – une fonction d'observateur", a dit Castro Faria.

8. *Ceci est pour quand vous viendrez. Pour autant que vous vouliez vraiment savoir. En sortant de la fête, j'ai pris les devants et j'ai invité le Dr Buell à venir chez moi. Il m'a à peine reconnu. Je lui ai demandé s'il éprouvait de l'appréhension à l'idée de partir le lendemain. Il a tenté de décliner mon*

invitation. J'ai insisté. Il a accepté par politesse, parce qu'il ne connaissait pas nos codes, parce qu'il ne savait pas qui j'étais. Il était fatigué. Nous avons bu et bavardé. Nous devions faire connaissance. Ce fut la première nuit. J'ai demandé si c'était la première fois qu'il allait dans un village indien. Il a ri. Cela a servi de déclencheur. Il s'est senti offensé et n'a plus arrêté de parler. Il a parlé des Trumaï et je les ai imaginés. J'ai essayé d'imaginer tout ce qu'il a raconté ensuite. Si je les compte, je m'aperçois qu'il y a eu seulement neuf nuits. Mais c'est comme si elles avaient été la vie entière. La première, la veille de son départ pour le village. Ensuite, sept autres lors de ses passages à Carolina en mai et en juin, quand il se réfugiait chez moi, et la dernière, lorsque je l'ai accompagné pendant la première partie de son trajet de retour au village et que nous avons passé la nuit dans la forêt sous le ciel étoilé. La dernière nuit a été à mon initiative. Il n'avait pas requis mes services, mais j'ai senti que je devais l'accompagner, ne fût-ce que pendant la première partie de son parcours, comme si, d'une certaine façon, je savais ce que je ne pouvais savoir alors, que je ne le reverrais plus. Ce que je vous relate à présent est un mélange entre ce qu'il m'a raconté et ce que j'ai imaginé tout au long de neuf nuits. C'est ainsi que j'ai imaginé son rêve et son cauchemar. Le paradis et l'enfer. La première nuit, il m'a parlé d'une île dans le Pacifique où les Indiens sont des Nègres. Il m'a parlé du temps qu'il a passé parmi ces Indiens et d'un village qu'il a appelé Nakoroka où chacun décide de ce qu'il veut être, peut choisir sa sœur, son cousin, sa famille et aussi sa caste, sa place par rapport aux autres. Une société aux lois et aux règles très strictes, mais où, toutefois, il appartient aux individus de choisir leur rôle. Un village où il est impossible pour un étranger de reconnaître les traits généalogiques, les familles biologiques, dans la mesure où les parents, de même que les identités, sont électifs. Le paradis, le rêve d'aventure du jeune anthropologue. Il voulait étudier la zoologie, mais un semestre à l'université lui a suffi pour avoir la révélation de sa vie future. J'ignore ce que vous savez de lui. Oserais-je rappeler qu'en mars 1931, après avoir passé ses premiers examens, pour fêter la fin du semestre, il a pris un car avec plusieurs camarades pour Chicago où ils ont bu jusqu'à rouler sous la table et sont allés au cinéma ? Comme un signe de Dieu, il ne pouvait s'attendre à cela. Et la nuit où il m'a raconté ça, il ne savait toujours pas quelle était la part de l'alcool dans ce qu'il avait vu. Dans l'obscurité de la salle de cinéma, une lumière argentée a inondé l'écran et une vie inimaginable s'est déployée sous ses yeux, une nouvelle possibilité et une issue, comme si une voie inexplorée s'ouvrait devant lui. Il ne savait pas ce qu'il allait voir en entrant dans la salle de cinéma, tout comme il n'avait aucune idée du destin qui lui été ainsi proposé. Hypnotisé, il a assisté à une histoire d'amour dans le Pacifique Sud. Un amour interdit par les lois d'une société autochtone. Un amour condamné par les dieux. Un tabou. Jusqu'à la nuit où il m'a raconté ses souvenirs, il ne s'était pas rendu compte de l'effet que cet amour interdit avait eu sur sa vocation. En sortant du cinéma, il se souvenait uniquement des corps des indigènes soulignés par le soleil et par l'eau, des gouttes d'argent semblables à des perles sur les corps étincelants de soleil contre le ciel. Il irait à leur rencontre. Il sortit du cinéma absolument décidé. Déjà à l'époque, il ne parlait à personne. Ses camarades ne voyaient pas ce que lui voyait. Le monde était devenu différent. Lui-même n'était plus là où il se trouvait. Il était ailleurs. Il faut comprendre que chacun verra là des choses qui demeureront indiscernables pour les autres. Et que c'est en elles que ses raisons résident. Chacun y verra ses propres mirages. Il a suspendu son inscription à la faculté et il a embarqué comme mousse à bord d'un cargo en partance pour Shanghai. Il a passé six mois loin de chez lui. Il a trimé dur. A son retour, il était "matelot de première classe". Il voulait voir les îles du Pacifique Sud, l'île enchantée d'un film, les perles d'argent d'un amour interdit. J'ignore ce que vous savez de lui, sûrement plus que moi, je n'en doute pas, mais serait-ce une exagération de ma part que d'affirmer que mon ami, le Dr Buell, a bu avec moi et m'a raconté qu'il cherchait parmi les Indiens les lois qui à la fois montreraient combien les nôtres sont insensées et lui permettraient d'accéder à un monde où il se sentirait enfin à l'abri ? La goutte argentée d'un tabou. A Shanghai, il avait connu un jeune Chinois qui voulait quitter la Chine pour toujours. Il lui avait parlé de l'Amérique comme d'un rêve. Et dans sa naïveté, il avait cru qu'il pourrait aider le Chinois à réaliser son rêve, comme lui-même était déterminé à réaliser le sien. Il avait promis ce qu'il ne pouvait tenir. Le rêve des uns est la réalité des autres. Et on peut en dire de même des cauchemars. Il avait réussi à faire en sorte que ce garçon embarque clandestinement à bord du cargo. Mais pas qu'il arrive en Amérique. Le Chinois fut découvert, expulsé et châtié à la première escale sous les yeux horrifiés de son jeune bienfaiteur américain. Celui-ci n'excluait pas l'hypothèse qu'on l'ait tué pour s'être mêlé à des Blancs. Le rêve est un point de vue. C'est un lieu d'où l'on voit. Mais il avait beau me parler de Fidji et de Vanua Levu, son île dans le Pacifique Sud, je ne parvenais pas à voir. C'était comme si les dix mois qu'il avait passés là-bas n'étaient qu'un rêve. Ce qu'il me racontait s'effilochait comme les nuages. Et je ne réussissais pas à imaginer. Du fait qu'il était situé sur une île, je ne pouvais concevoir que le village où il avait habité ne soit pas au bord de la mer, mais à l'intérieur des terres, en chemin vers les montagnes. Les yeux sont incapables de voir. Quand il montrait aux jeunes indigènes de l'île les revues occidentales illustrées de photos que les plus vieux n'auraient même pas pu comprendre, les jeunes lui demandaient invariablement si les personnes photographiées étaient des hommes ou des femmes. Pour m'aider à voir, quand il est revenu à Carolina en mai, il a apporté une photo et un dessin qu'il avait faits lui-même. C'était des portraits de deux Nègres très vigoureux qui posaient pour lui torse nu, le regard lointain.

Je n'ai peut-être pas imaginé le paradis, mais j'ai pu voir l'enfer. Le cauchemar est une façon d'affronter la peur avec les yeux de celui qui rêve. Quand il me parlait des Trumaï, je l'entendais me parler de la peur. Il a passé quatre mois parmi eux, d'août à novembre 1938. Jusqu'à ce qu'il soit rappelé à Rio en décembre. Il est allé de Cuiabá à Simões Lopes en camion, puis, pendant plus de six jours à dos d'âne à travers la forêt, et après, pendant une semaine encore, dans trois pirogues sur le Coliseu jusqu'à la mission tenue par un couple d'Américains, le révérend Thomas Young et sa femme dont j'ai reconnu les noms sur une des lettres laissées avant sa mort. Deux Blancs et un jeune garçon l'ont aidé avec les pirogues. Le Dr Buell ramait dans l'une d'elles. A la fin du deuxième jour, à la tombée du soir, une des pirogues s'est remplie d'eau et ils ont dû s'arrêter et étendre les bagages mouillés sur une pierre. Le lendemain seulement, ils se sont rendu compte que le soleil n'atteignait pas la pierre. Ils étaient dans la forêt. Mais en dépit du vent, ce n'est que le cinquième jour qu'ils durent affronter de vrais rapides. Une des pirogues a heurté un rocher et les vivres ont été emportés par le courant.

9. Dans une lettre en date du 1er novembre 1940 adressée à Heloísa Alberto Torres, la mère de Quain raconte l'histoire des missionnaires le long du Coliseu. Faute de quinine et comme les hommes mouraient de paludisme, les Américains s'étaient mis à prier. "C'est alors qu'ils aperçurent un homme à la tête rasée, dans un pantalon en guenilles et une vieille veste, qui arrivait de la rivière et se dirigeait vers eux. Ils crurent qu'il s'agissait d'un prisonnier en fuite jusqu'au moment où celui-ci leur a souri." Dans le délire de leur cauchemar, ils ont sûrement vu un condamné, chaînes aux pieds et aux mains, sortir d'un marécage quelconque de la Louisiane ou du Mississipi. Ou du moins

est-ce ainsi que j'ai imaginé les visions fébriles et épouvantées des pauvres missionnaires quand j'ai lu la lettre de la mère de l'ethnologue. D'après elle, Quain leur aurait donné un nouveau médicament qui les aurait tirés très vite de cet état, comme par miracle – ce qui fit de lui très naturellement une sorte de sauveur envoyé en réponse à leurs prières et à la foi des désespérés. Le jeune anthropologue se serait procuré ce médicament et l'avait mis par hasard dans ses bagages après que sa mère avait lu un article dans une revue médicale et lui avait envoyé la coupure à Rio. Même de loin elle essayait d'être utile à son fils et de le soutenir tout au long de sa descente en enfer. A la fin de l'année 1940, encore sous le choc de la mort de Buell et s'efforçant dans son deuil de trouver une explication, Fannie Dunn Quain est allée à Chicago écouter une conférence des missionnaires Thomas et Betty Young au Moody Institute. La conférence fut illustrée par des photos prises par Buell chez les Trumaï. En se présentant et en saluant les missionnaires au milieu des autres invités, il est très probable qu'elle ne leur a posé aucune question, en partie parce que cela la gênait et en partie parce qu'elle craignait qu'ils ne lui révèlent des choses qu'elle ne pouvait pas entendre. Il se peut qu'elle soit morte dix ans plus tard sans avoir rien demandé à quiconque. Elle préférait croire que personne ne savait ce qu'elle non plus ne voulait pas savoir. Après la mort de son fils, elle a manifesté plusieurs fois dans sa correspondance avec dona Heloísa son intention de récompenser les Indiens, de les aider avec l'argent laissé par Buell. Son insistance tourmentée laisse l'impression qu'elle essayait inconsciemment d'acheter le silence des Indiens sous le couvert de la philanthropie ou alors de suborner sa propre conscience.

Quain a passé trois semaines avec les missionnaires avant de continuer à descendre la rivière jusqu'au village en traversant le territoire de tribus ennemies. Les Trumaï qui l'accompagnaient chantaient pendant la nuit et se taisaient au lever du soleil. Le climat d'hostilité et de terreur entre les diverses tribus de la région les obligeait à allumer des feux chaque fois qu'ils entraient "en territoire étranger" pour annoncer leur présence. Il fallait éviter à tout prix les surprises et les rencontres inopinées sous peine de provoquer des incidents et des malentendus tragiques. Pendant le voyage sur le Coliseu, la simple vue d'une pirogue kamayurá était un motif d'inquiétude. Quain est arrivé dans le village trumaï à la mi-août. La région était particulièrement inaccessible et isolée, sur les rives du Culuene, à son confluent avec le Coliseu. L'accès par le Xingu est impossible à cause des cataractes. Redoutés jadis pour leur nombre et leur vaillance guerrière, les Trumaï étaient réduits à un seul village de quatre huttes et d'une cinquième en construction. Il y avait dix-sept hommes, seize femmes et dix enfants. Ils s'étaient installés là depuis deux ans, essentiellement parce qu'ils avaient peur et qu'ils se sentaient traqués, afin de s'éloigner des tribus ennemies, notamment des Kayabi et des Nahukwá dont le chef était un chaman puissant. Leurs ancêtres avaient déjà été chassés de cette même région par les Suyá. Mais maintenant les Trumaï craignaient surtout les Kamayurá, leurs voisins les plus proches qui avaient réussi jadis à enlever toutes les jeunes filles du village et qui essayèrent aussi d'effrayer Quain en disant que le puissant chaman, chef des Nahukwá, viendrait le capturer. En réalité, quand ils se sont enfin rencontrés, le chef kamayurá a traité Quain avec mépris et une indifférence apparente. Au fond, il était vexé que l'anthropologue ait choisi de séjourner parmi les Trumaï méprisables et pas dans le village kamayurá. Les Kamayurá inventaient des histoires et des légendes pour entretenir le climat de terreur. Ils étaient particulièrement doués pour la guerre psychologique et ils ont dû percevoir la vulnérabilité psychique de l'anthropologue, jouant avec sa solitude et son équilibre fragile, disant que son père allait arriver en avion chargé de cadeaux pour les Trumaï ou qu'un avion plein de Blancs s'était posé près de la mission de Thomas Young sur les berges du Coliseu. De leur côté, les Trumaï attisaient encore l'état d'hystérie avec leurs propres légendes. Ils accusaient notamment les Kamayurá de torturer leurs prisonniers et de manger ensuite leur cervelle. "Ils s'attendent en permanence à ce que les Suyá et les Kamayurá les attaquent de nuit – il suffit qu'une branche craque après la tombée de la nuit pour que les hommes se regroupent, tout tremblants, avec leurs arcs et leurs flèches, au centre du village", a écrit Quain à Ruth Benedict.

J'ai interviewé Lévi-Strauss deux fois à Paris, bien avant d'imaginer qu'il m'arriverait un jour de m'intéresser à la vie et à la mort d'un anthropologue américain dont il avait fait la connaissance lors de son bref passage à Cuiabá en 1938. Bien avant d'entendre parler de Buell Quain. Dans une de ces interviews, à propos d'une polémique en France sur le racisme et la xénophobie où il avait été interprété de façon erronée, Lévi-Strauss réaffirme sa position : "Plus les cultures communiquent entre elles, plus elles tendent à s'uniformiser et moins elles ont à communiquer. Le problème pour l'humanité, c'est qu'il y ait une communication suffisante, mais pas excessive, entre les cultures. Lors de mon séjour au Brésil il y a plus de cinquante ans, j'ai été profondément ému, évidemment, par le destin de ces petites cultures menacées d'extinction. Cinquante ans plus tard, je fais une constatation qui me surprend : ma propre culture elle aussi est menacée." Il disait que toutes les cultures tentent de défendre leur identité et leur originalité en résistant et en s'opposant aux autres et que le moment était venu de préserver l'originalité menacée de sa propre culture. Il évoquait la menace de l'Islam, mais il aurait pu aussi parler des Américains et de l'impérialisme culturel anglo-saxon.

Ce qui menaçait le plus les Trumaï lorsque Quain est allé les voir, ce n'était pas les Blancs. Ils n'étaient déjà plus en mesure de résister aux autres groupes autochtones locaux. Ils étaient démunis devant les autres. En dépit de la peur, la majorité des contacts entre les tribus de la région étaient amicaux, même s'ils étaient ponctués occasionnellement d'intimidations et de vols de la part des visiteurs, surtout quand les "visités" étaient les Trumaï affaiblis qui ne réagissaient pas. Les Trumaï s'efforçaient toujours de faire plaisir à leurs visiteurs, même à ceux qui les menaçaient et les méprisaient comme les Kamayurá. Leur premier contact avec les Blancs remonte à 1884. Lors de son expédition dans le centre du Brésil, Von den Steinen fut alerté par les autres tribus au sujet des Trumaï dangereux du haut Xingu, considérés à l'époque comme belliqueux à l'égard des étrangers car ils étaient toujours en guerre contre leurs voisins. Mais, comme dans le cas de l'explorateur allemand pionnier, ce ne fut nullement l'expérience de Quain. Une fois les premiers contacts établis, tous les deux furent accueillis fort aimablement par les Trumaï redoutés et périclitants. En réalité, cette amabilité était dictée davantage par leur peur des voisins que par un code d'étiquette. Au début, la vie parmi eux n'a pas été facile pour le jeune ethnologue de Columbia. Les Trumaï l'appelaient Capitaine. A son arrivée, Quain s'était rasé le crâne et les sourcils, ce qui a déconcerté ses hôtes car cette pratique était considérée comme une coutume suyá. Ils lui ont aussitôt volé tous ses vêtements, convoités comme protection contre les moustiques, et Quain a dû improviser "des habits sommaires" avec une moustiquaire. Il parlait à peine la langue et ne comprenait pas les relations de parenté ni l'organisation sociale du village. (Par-delà le noyau familial consanguin, les Indiens établissent entre eux des relations de parenté symboliques qui servent à structurer la société, les interdictions et les obligations de chaque individu. La loi et la logique de ces sociétés se manifestent dans ces relations de "parenté classificatoire". La parenté devient un code extrêmement complexe dont l'objectif principal est d'éviter l'inceste dans des communautés majoritairement endogames et parfois réduites à quelques dizaines d'individus.) Quand Quain essayait de bavarder avec les Indiens, ceux-ci lui demandaient de chanter les chansons avec lesquelles il les avait amusés au début, avant de savoir exactement comment se comporter ou quoi faire. "Ils se refusent à employer des termes manifestant la parenté, ce qui m'empêche de comprendre comment ils règlent la question de l'inceste", a-t-il écrit dans la même lettre à Ruth Benedict, mais je ne rattacherais cette phrase que beaucoup plus tard, dans mes conversations avec les Krahô à propos du suicide de l'anthropologue, à mes propres soupçons, fondés ou non.

Le fait est qu'au début Quain a trouvé les Trumaï "ennuyeux et sales" ("ces gens s'ennuient et ne le savent pas"), tout le contraire des indigènes avec qui il avait cohabité à Fidji et qu'il avait transformés en parangons de réserve et de dignité. Il jugeait les Trumaï en fonction de son unique autre expérience de terrain : "Ils dorment presque onze heures par nuit (un sommeil hanté par la peur) et deux heures pendant le jour. Ils n'ont rien de plus important à faire que de me surveiller. Un enfant de huit ou neuf ans semble déjà savoir tout ce dont il a besoin dans la vie. Les adultes n'arrêtent pas de quémander des choses. Je ne les aime pas. Ils n'ont aucune retenue en ce qui concerne les contacts physiques et comme j'évite d'être caressé, je passe pour quelqu'un de désagréable. Je n'aime pas être enduit de peinture corporelle. Si ces gens étaient beaux, cela ne me dérangerait pas autant, mais ils sont les plus laids du Coliseu." L'ethnologue comparait les Trumaï rabougris aux hommes musclés de Fidji qu'il avait dessinés et photographiés. Toujours dans la même lettre à Ruth Benedict, il écrit: "Ma maladie me rend particulièrement angoissé et incertain quant à l'avenir", sans préciser de quoi il souffre.

Deux mois et demi plus tard, il était intégré. Et il se permettait de refuser les demandes incessantes des Indiens, comme lorsqu'il était déprimé et qu'ils voulaient qu'il chante. La violence physique était interdite dans le village, surtout contre les enfants. Quain a presque déclenché à deux reprises une commotion sociale en donnant une tape sur la main d'un enfant et en marchant involontairement sur le pied d'un autre. Les conflits, liés en général au sexe et à l'adultère, étaient soit surmontés par des pratiques magiques, soit réglés par des représentations cathartiques dans lesquelles les intéressés évacuaient leurs différends émotionnels par le biais d'actions symboliques en une sorte de théâtre improvisé au centre du village. L'ethnologue voyait souvent les jeunes se livrer à des étreintes ou à des jeux sexuels. Pour éviter que les Indiens ne s'étendent dans son hamac, il disait à tous ceux qui voulaient le faire que "sa femme se mettrait en colère" si elle l'apprenait. Il n'y avait pas de vierges dans le village. Pour écarter les femmes qui venaient le solliciter, il menaçait de les violer et elles s'enfuyaient aussitôt, généralement en riant aux éclats. Il était complètement seul.

10. *Ceci est pour quand vous viendrez. Il n'avait plus qu'à observer, c'était en principe la seule raison de sa présence parmi*

les Trumaï. Quand il est arrivé ici, il était fatigué de ce rôle. Mais il avait aussi horreur de l'idée d'être confondu avec les cultures qu'il observait. Il m'a raconté que chez les indigènes avec lesquels il avait vécu sur son île de Mélanésie, il n'y avait pas de pire malheur que d'être accusé d'épier les femmes. C'était un signe d'infantilisme : on disait des voyeurs qu'ils étaient incapables de connaître la satisfaction sexuelle par l'action. Il était fatigué d'observer, mais rien ne le dégoûtait plus que de devoir vivre comme les Indiens, de manger leur nourriture, de prendre part à leur vie quotidienne et à leurs rituels en feignant d'être l'un d'eux. Il s'efforçait de se maintenir à l'écart et, pris dans un cercle vicieux, il redevenait observateur. Il m'a parlé des enfants trumaï comme d'une exception, il s'en est approché pour essayer de comprendre leurs jeux, et parmi eux, peut-être par une étrange affinité provenant de la place inconfortable d'observateur qui était justement la sienne dans le village, il a repéré aussitôt un orphelin de dix ou douze ans qui était maintenu à l'écart. C'était un inadapté. Le seul là-bas comme lui, à ne pas avoir de famille. Il ne prenait jamais part aux luttes organisées par les autres enfants. Comme il n'y avait pas d'adolescentes, les jeux sexuels avaient lieu entre jeunes garçons, ou entre eux et les hommes, presque toujours à l'initiative des premiers. Ces jeux n'étaient pas réprimés par les adultes. Le Dr Buell avait constaté que l'orphelin s'intéressait beaucoup à ces jeux. Il recherchait habituellement les hommes les plus âgés qui ne le repoussaient pas. Je ne sais pas si ce garçon l'a recherché lui aussi et si c'est pour cela qu'il me racontait l'histoire, mais un autre gamin est venu un soir chez le Dr Buell immédiatement après sa première érection pour se vanter et il a même copulé une fois avec une fillette sous les yeux de l'anthropologue, exprès, pour se montrer, sachant qu'il était observé. Le sexe hantait la solitude de mon ami. Il semble aussi avoir été très impressionné, au point de m'en avoir parlé, toujours le premier soir après la fête à Carolina, par le fait que lors du passage à l'âge adulte et en guise de rite initiatique, le corps entier des garçons trumaï était écorché avec une patte de tatou bien aiguisée. C'était une preuve de courage, une récompense et un honneur, bien que beaucoup, effrayés et horrifiés, couverts de sang, pleurassent de douleur pendant le sacrifice. Les cicatrices étaient très admirées chez les Trumaï. Les enfants de sept ans exhibaient fièrement les marques que les cérémonies laissaient sur leur corps. C'est alors qu'à ma grande surprise, il a ouvert sa chemise et m'a montré une cicatrice qui allait du ventre à la poitrine. Il a souri et a attendu ma réaction, mais je ne savais pas quoi dire. Comme s'il était déçu par mon air ébahi ou comme si ma stupéfaction l'avait réveillé ou fait revenir à lui après une éclipse de sa conscience, il a reboutonné sa chemise et a déclaré laconiquement qu'il avait été opéré dans son enfance et qu'il se faisait tard, il devait partir. Il n'a plus jamais évoqué le sujet. Il m'a raconté tout cela le premier soir, quand nous ne nous connaissions pas encore. Et aujourd'hui, au souvenir de ses paroles, la seule image qui me vient à l'esprit est celle de son corps sanguinolent, pendu, tailladé à coups de lame de rasoir au cou et aux bras, suspendu au-dessus d'une flaque de sang, car c'est ainsi que les Indiens l'ont découvert et me l'ont décrit en arrivant chez moi. Je me souviens de l'avoir entendu me dire avec perplexité que les Trumaï, bien qu'en voie d'extinction, continuaient à pratiquer des avortements et à tuer des nouveau-nés. Peut-être que sans le savoir, ils étaient en train de se suicider collectivement, de vivre un processus collectif d'autodestruction, dans la mesure où, contrairement aux autres tribus, ils n'avaient presque aucun contact avec les Blancs, ils ne connaissaient rien en dehors des rivières Coliseu et Culuene et ils ne subissaient aucune acculturation, bien qu'ils aient été subjugués par les Kamayurá et qu'ils aient assimilé partiellement leur culture. En dehors de cette forme collective et inconsciente, il m'a dit qu'il n'avait observé aucun suicide à proprement parler pendant son bref séjour chez les Trumaï.

Ce qui est curieux, c'est qu'étant obligé d'interrompre son travail, il ait oublié de leur demander justement s'il n'y avait jamais eu un suicide parmi eux. En tout cas, il avait gardé l'impression que les Trumaï avaient un tempérament suicidaire et qu'ils étaient prêts à se tuer. "L'important, m'a-t-il encore dit la première nuit à Carolina sans que je comprenne de quoi il parlait vraiment, c'est que les Trumaï voient dans la mort une issue et une délivrance de leurs peurs et de leurs souffrances." Un jour qu'il était tombé malade, un de ses amis indiens s'était offert à le poignarder dans l'intention bienveillante de le délivrer de la douleur et de la maladie. Ils ne tuaient pas les nouveau-nés à la légère. Naître était pire. Il m'a dit: "Une culture est en train de mourir." Maintenant, quand je pense à ses paroles pleines d'enthousiasme et de tristesse, j'ai l'impression qu'il avait trouvé un peuple dont la culture était la représentation collective du désespoir qu'il vivait lui-même et qui constituait un trait de sa personnalité. Et je comprends pourquoi il désirait tellement retourner chez les Trumaï et à l'enfer qu'il m'avait décrit. Comme s'il était aveuglé par une espèce d'obstination. Il voulait les empêcher de disparaître à tout jamais. Le livre qu'il écrirait sur eux serait une façon de les garder vivants et lui avec eux.

Quand il parlait du courage des Indiens, je l'entendais seulement parler de la peur. Il parlait courage et moi j'entendais peur. Deux semaines après son arrivée chez les Trumaï, il a assisté à une cérémonie de guérison. La femme du chef du village était malade et jusque-là aucun remède n'avait eu d'effet. Les Indiens ont décidé d'essayer le rituel. Les hommes se sont enfermés autour de la malade dans une des huttes. La cérémonie était interdite aux femmes. Quand le Dr Buell a voulu entrer, la sœur du chef lui a dit que, comme elles, il mourrait s'il mettait les pieds dans la hutte. Mais il l'a ignorée et il est entré quand même. Il y eut une autre occasion où ils lui ont parlé de la mort, le laissant toutefois tirer lui-même ses propres conclusions. Pendant une chasse où ils cherchaient des oiseaux pour leur prendre des plumes, ils lui ont dit qu'un oiseau à tête rouge appelé lê *était un présage de mort pour celui qui l'apercevait. Peu de temps après, le Dr Buell s'est trouvé face à l'apparition fatidique et il a choisi de croire qu'il s'agissait d'une blague. Il n'a rien dit, bien qu'en son for intérieur il ait été très impressionné, au point d'avoir rêvé ensuite plusieurs fois de cet oiseau. Il se réveillait haletant et en nage. Il m'a demandé ce que je pensais des rêves et, avant même que je ne puisse répondre, il a dit que les Trumaï considéraient les rêves comme une façon de voir en dormant. Il est courant que les enfants se réveillent en hurlant au milieu de la nuit. Leurs cauchemars sont suscités par l'angoisse de leurs parents qui s'attendent à une attaque ennemie. Une nuit, durant le premier mois après son arrivée, il s'est réveillé en entendant des femmes crier. Elles se précipitaient toutes, avec leurs enfants et leurs hamacs, vers un des côtés du village. Il a cru qu'ils étaient attaqués par une autre tribu. Tout en courant, quelqu'un lui a dit – ou c'est ce qu'il a compris – qu'une femme avait été atteinte par une balle. Quand les choses se sont calmées, il a découvert qu'elle avait été effrayée par une motte d'argile. Les femmes avaient encore plus de raisons que les hommes de craindre les attaques. Elles savaient qu'un des motifs principaux de la guerre, c'était de les capturer. Les Trumaï vivaient dans un état de terreur permanent. J'ai dit au Dr Buell que certains Indiens avaient l'habitude de lancer des pierres quand ils s'approchaient des maisons des femmes, ce qui peut être un signe d'amitié. Il m'a répondu qu'ils avaient peut-être vraiment été visités cette nuit-là par les Suyá qui étaient redoutés pour leur férocité sans égale. D'après les Trumaï, le soleil a créé toutes les tribus, à l'exception des Suyá, lesquels descendent des serpents. Tout le village trumaï a voulu dormir dans la petite maison qu'ils avaient construite en une semaine pour le Dr Buell parce qu'il avait un revolver. Ils lui demandaient sans cesse de tirer contre l'obscurité qui cernait le village pour éloigner les ennemis. Même si les intentions des Suyá étaient amicales, les Trumaï avaient tellement peur qu'ils ne les percevaient pas comme telles. Il suffisait de parler des Suyá pour que les Trumaï soient pris de panique. La vie, c'était l'insécurité, qui augmentait encore avec la nuit. Le moindre craquement dans l'obscurité provoquait le chaos. Un jour d'orage où il faisait si noir qu'on se serait cru la nuit et qu'il avait la fièvre, le Dr Buell a ressenti l'effroi qui était le lot des Trumaï. Bien qu'ils ne soient pas portés sur le surnaturel comme les Kamayurá, ils avaient peur des éclairs et du tonnerre. Ils croyaient que quelqu'un s'opposait à la pluie. Pendant sa première tempête tropicale au village, le Dr Buell a aperçu Aloari, son assistant et son cuisinier, se précipiter haletant dans sa hutte pour l'implorer d'éteindre sa lampe et d'arrêter de travailler car il irritait la pluie. Cela fut différent le jour de fièvre où l'orage avait changé le jour en nuit. Il vit deux yeux à la porte de sa hutte. Ce n'étaient pas les yeux profondément enfoncés d'Aloari, avec ses grosses lèvres épaisses et ses cheveux ébouriffés coupés en forme de calebasse. C'étaient des yeux de braise suspendus dans le néant, comme flottant dans la matière visqueuse de l'obscurité et de la pluie. Et il a juste dit : "Les yeux de quelqu'un que j'ai connu." Pour moi, le cauchemar était d'imaginer le voyage de retour, les trente-huit jours en bateau passés à remonter les rivières en terrain ennemi, dans la peur de flèches traîtresses, et ensuite à pied et en camion sur des kilomètres et des kilomètres de poussière et de terre. Voilà ce qu'il aurait à affronter, laissant derrière lui ce bout du monde, alors que tout ce qu'il voulait, c'était rester et qu'il partait à contrecœur, obligé par le Service de protection des Indiens de quitter immédiatement les terres indigènes. Pendant son voyage de retour, quand il remontait les rivières le 7 novembre 1938, une éclipse d'un peu plus d'une heure fit disparaître la lune du ciel, à peine était-elle apparue. Les Indiens qui l'accompagnaient ont déclaré qu'ils ne pouvaient pas continuer tant qu'ils n'auraient pas chassé le mal qui dévorait la lune. Ils lui ont d'abord demandé de tirer en l'air. Puis ils ont dansé et lancé des flèches en direction du ciel. Un des Indiens a décidé de rebrousser chemin car il craignait d'être assassiné par les Blancs. Enfin, le chef s'est levé et a parlé longuement à la lune, jusqu'à ce qu'elle resurgisse du néant.*

11. De retour à Cuiabá, Buell Quain a souffert d'un accès de paludisme. Pendant sa convalescence, il a envoyé à Ruth Benedict le récit de son séjour chez les Trumaï: "Toute mort est un meurtre. Personne ne s'attend à survivre au-delà de la prochaine saison des pluies. Il n'est pas rare que des attaques imaginaires aient lieu. Terrorisés, les hommes se rassemblent au centre du village – l'endroit le plus exposé – et attendent d'être transpercés de flèches venues de la forêt obscure."

Personne ne m'a jamais posé la question et donc je n'ai pas eu à répondre que la représentation de l'enfer, tel que je me l'imagine, remonte aussi, ou remontait au Xingu de mon enfance. C'est une maison préfabriquée, en bois peint dans un vert couleur de vomissure, perchée sur des pilotis pour protéger ses habitants des bêtes et d'éventuelles attaques nocturnes dont ils seraient une proie facile au rez-de-chaussée. C'est une maison isolée au milieu de rien, qui se dresse sur un terrain plat et déboisé dans la forêt, entouré d'herbes sauvages et de mort. Tout ce qui n'est pas vert est gris. Ou alors, c'est de la terre et de la boue. Une route en terre mène à l'escalier à l'entrée de la maison, mais qui de là ne semble mener à aucun lieu connu. La façon la plus facile d'y arriver, c'est en avion, lequel ne doit pas être trop grand, un bimoteur tout au plus, pour pouvoir se poser sur la piste aménagée à côté de la maison. D'en haut, quand nous nous approchons en rase-mottes, voilà tout ce que nous apercevons : la maison solitaire avec la piste d'atterrissage à côté, une grande clairière de hautes herbes, cernée de tous côtés par une forêt à perte de vue. La route de terre mène de la maison à la piste d'atterrissage, puis se dirige tout droit vers la forêt, où elle disparaît, comme tout ici, à la recherche d'un chemin – ou peut-être dans un élan suicidaire. Il paraît que tout a changé aujourd'hui et que la région est méconnaissable. La forêt tropicale s'est transformée en champs cultivés. La forêt a disparu, elle a été abattue et elle a brûlé, mais à l'époque elle constituait une menace effrayante, si bien qu'un enfant avait du mal à comprendre ce que des hommes pouvaient être venus chercher dans ce trou perdu. La maison était le siège d'une propriété agricole nommée Vitoriosas, si ma mémoire est bonne, car son propriétaire, Chiquinho da Vitoriosas, justement, comme il était connu dans la région, possédait une entreprise d'autobus qui portait le même nom. C'était la ferme la plus proche de celle que mon père avait décidé d'établir en 1970 dans le Xingu et qu'il avait baptisée Santa Cecília en l'honneur de la cousine avec laquelle il vivait alors et qui, humiliée par le leurre qu'avait été sa passion, le poursuivrait bientôt avec des avocats pour récupérer l'argent qu'elle lui avait prêté et qu'il avait englouti dans des terres, théoriquement pour faire de l'élevage, tout en fréquentant d'autres femmes de façon de plus en plus éhontée. La propriété de Vitoriosas, perdue au milieu du néant et de la forêt, était une halte obligatoire quand mon père décidait d'aller voir où en étaient les travaux de la route qu'il avait l'intention d'ouvrir dans la forêt entre les terres de Chiquinho et celles de Santa Cecília et qu'il aurait achevée sans la mer de boue qui l'a littéralement submergée après l'abattage des arbres et le passage tonitruant des tracteurs, des bulldozers et des camions de la civilisation.

Je ne me rappelle même pas le visage de Chiquinho da Vitoriosas, mais je me souviens de la nouvelle de sa mort dans un accident d'avion. Je ne sais pas si je l'imagine aujourd'hui, mais j'ai l'impression d'avoir vu mon père penché sur quelqu'un, peut-être la veuve, lui donnant de l'espoir, lui disant qu'il y avait encore une chance qu'on retrouve le petit avion disparu depuis plusieurs jours. Je me souviens d'une maison sombre, de gens armés, de femmes muettes qui se claquemuraient, d'un ciel menaçant, avec des éclairs et des nuages noirs, chaque fois que nous allions à Vitoriosas. Cela quand le soleil n'était pas caché par un brouillard qui rappelait l'atmosphère d'une planète inhospitalière dans *Perdus dans l'espace* ou dans un film de science-fiction. Je me souviens aussi de l'atmosphère maladive qui régnait dans la maison, de gens terrassés par le paludisme et du bruit des bottes sur un plancher poussiéreux dont les interstices laissaient voir la terre rouge à l'extérieur. Quand nous étions entre nous, mon père disait que la mort de Chiquinho était le résultat de l'imprudence de pilotes qui préféraient voler bas, entre les nuages et la forêt, plutôt que de traverser les cumulo-nimbus au milieu de la tempête comme il le faisait lui-même en se servant seulement des instruments puisque ces avions, dépourvus de pressurisation, ne disposaient pas de suffisamment d'autonomie pour s'élever au-dessus des nuages. Le problème quand on volait bas, c'était que soudain une montagne surgissait devant vous, une élévation inattendue du relief, et l'avion s'écrasait contre des rochers ou des arbres. Mon père se vantait toujours de sa prudence et avait fait peindre sur le fuselage de son Cessna 310 une tortue, qu'il appelait *tracajá* comme les Indiens, avec un petit baluchon sur le dos et la devise *Lentement et toujours*. Mais il n'en était pas exactement ainsi. Il existe diverses histoires qui, une fois la frayeur du moment dissipée, sont entrées dans le folklore familial et qui, si elles ne nient pas l'habileté aéronautique de mon père, dénoncent son imprudence et ne devraient pas être interprétées comme une preuve de courage, mais bien plutôt comme la conséquence d'une bonne dose d'inconscience dans la conduite de la navigation aérienne. Mon beau-frère m'a raconté qu'il volait un jour avec mon père sans presque rien voir devant leur nez à l'intérieur d'un cumulo-nimbus, d'un "CB", comme il appelait les cauchemars violacés en forme de cathédrales au milieu du ciel, lorsque tout à coup ils ont aperçu une colline à quelques centaines de mètres devant eux, et mon père a immédiatement engagé son bimoteur dans une ascension verticale effrayante pour s'extraire du nuage. Tous deux sont sortis de ce monde opaque traversé d'éclairs pour entrer dans le ciel bleu et ensoleillé au-dessus, et là, le cœur battant à tout rompre, mon beau-frère a pu voir combien mon père avait eu peur : il était tremblant et muet et la salive visqueuse de sa bouche avait déjà séché aux commissures de ses lèvres. Il y eut aussi un autre incident célèbre quand, désirant à tout prix arriver avant six heures du soir à l'aérodrome de Cuiabá parce que son brevet ne lui permettait pas de piloter la nuit avec les instruments de bord, mon père avait cru que l'opérateur dans la tour de contrôle lui parlait de l'heure et de la nécessité de se presser, alors qu'en réalité il lui signalait simplement qu'une des pistes était en travaux. Et ce fut justement vers cette piste que mon père dirigea son avion, tellement il craignait de commettre une infraction et de perdre son brevet. Il finit par atterrir sur un tracteur dans un chantier plein de trous où des militaires armés l'attendaient après avoir vu l'avion surgir à l'horizon et se diriger vers la piste que la tour de contrôle lui avait enjoint d'éviter. Mon père fut arrêté dès qu'il mit le pied à terre. L'avion, très endommagé, fut saisi. C'était le début des années 70 et les militaires avaient prétendu que, comme l'aérodrome était une zone de sécurité, il faisait peut-être l'objet d'une attaque terroriste.

J'ai participé moi-même en tant que spectateur et victime à deux de ces incidents dont le moins grave a eu lieu le jour où mon père a oublié de faire un mélange d'huile, une procédure de routine censée avoir lieu en cours de vol, alors que nous traversions déjà depuis presque une heure un orage de grêle et d'éclairs entre São Miguel do Araguaia et Goiânia, et le moteur droit a gelé. Mon père était si tendu à cause de la situation qu'il n'a pas vu l'hélice s'arrêter peu à peu, faisant toc, toc, toc de mon côté et, incapable d'articuler le moindre mot, j'ai dû taper sur son bras et lui indiquer la fenêtre. Livide, il a immédiatement essayé d'actionner les leviers à côté de lui et le moteur a redémarré. Il est passé par d'autres moments difficiles. Ce n'était ni le premier ni le dernier. Je devais avoir dix ans quand je l'ai vu avoir un accès de paludisme en arrivant à Barra do Garças où il devait recevoir de l'argent de la Sudam. Il tremblait sans pouvoir s'arrêter. J'ai cru qu'il allait mourir et me laisser seul dans ce trou perdu dont je ne savais comment sortir. Non seulement il n'est pas mort, mais il a vaincu un autre accès pendant qu'il pilotait seul le bimoteur au-dessus de la forêt. Et je préfère ne pas imaginer sa frayeur et son désespoir.

Buell Quain avait aussi accompagné son père dans des voyages d'affaires. Quand il avait quatorze ans, tous deux s'étaient rendus à un congrès du Rotary Club en Europe. Ils avaient visité les Pays-Bas, l'Allemagne et les pays scandinaves. Ensuite, il n'avait plus arrêté de voyager. Mais si pour Quain, qui passait du Middle West à la civilisation, l'exotisme fut aussitôt associé à une sorte de paradis, à quelque chose de différent et à la possibilité d'échapper à son propre milieu et aux limites imposées par sa naissance, pour moi les voyages avec mon père m'ont plutôt fourni une vision et une conscience de l'enfer associées à l'exotisme. J'ai toujours dû l'accompagner dans le Mato Grosso et le Goiás car la loi nous obligeait à passer les vacances ensemble (mes parents étaient séparés et ils étaient arrivés à un accord en justice au sujet de ma garde et de mon entretien) et lui devait visiter ses fermes. Il y en avait deux : une dans la savane entre le Rio das Mortes et le Rio Cristalino dans la région de l'Araguaia, à hauteur de São Miguel, près de l'île du Bananal, et l'autre dans le Xingu, en pleine forêt vierge. Mon premier voyage dans la forêt a eu lieu en 1967, quand j'avais six ans et que mon père cherchait encore une propriété agricole à acheter. C'était le but du voyage. Il y a une photo décolorée sur laquelle je suis à côté de lui devant le Congrès national à Brasília, où nous avons fait escale avant de continuer vers l'Araguaia. Mon père porte un costume froissé par le voyage et moi, qui lui arrive à la taille, j'ai l'air déguisé en cow-boy pour un bal de carnaval avec mon gilet et mes bottes marrons. Depuis 1966, il négociait à Brasília l'achat de deux propriétés dans le *sertão* avec des bons du Trésor. C'était une affaire en or. Non seulement il avait acheté les terres pour une bouchée de pain, mais de surcroît il avait obtenu des subventions pour un projet agropastoral lancé en 1970. Cette pratique faisait partie d'un programme établi par le gouvernement militaire qui, sous couleur de développer l'Amazonie, a non seulement subventionné l'achat de milliers d'hectares pour un prix dérisoire, mais aussi financé ensuite royalement les projets agricoles des propriétaires terriens – il suffisait en général de déboiser, de semer de l'herbe et de remplir les exploitations de bétail. Mon père avait sûrement les contacts qu'il fallait. Le but du voyage était de trouver les terres. Au début, il avait l'intention de se concentrer sur la savane. Je pense que l'occasion du Xingu s'est présentée seulement plus tard, un mirage impossible à refuser. Nous avons séjourné sur l'île du Bananal. A l'époque, mon père pilotait encore un monomoteur. Nous voyagions tous les deux seuls au-dessus de ce bout du monde et je me distrayais en feuilletant un manuel de premiers secours et de survie dans la forêt détaillant les pires horreurs en cas d'atterrissage forcé ou de chute de l'avion, comme la description d'un poisson minuscule qui m'angoissait rien qu'à imaginer qu'il entre par l'orifice du pénis et, une fois installé dans l'urètre, qu'il y déploie ses écailles ou Dieu sait quoi, si bien qu'il serait impossible de l'en expulser, le tout abondamment illustré. La piste d'atterrissage sur l'île du Bananal se trouvait à côté d'un village karajá et les arrivants étaient accueillis par les Indiens acculturés. Le spectacle était déprimant. En ce temps-là, il y avait un hôtel qui, selon les mauvaises langues, avait été construit par Juscelino Kubitschek pour y recevoir ses maîtresses. La piste était destinée aux clients de l'hôtel. En juillet 1967, l'hôtel avait servi de décor à un roman-photo exotique pour la revue *Sétimo Céu* (Septième ciel). C'était un immeuble moderne de deux étages, qui était censé évoquer Brasília au bord de l'Araguaia. On dit qu'il a été abandonné peu après et qu'il a brûlé. Il doit être en ruine, si tant est qu'il existe encore. Quand nous sommes arrivés, plusieurs acteurs du roman-photo étaient assis dans le bar à côté de la réception. Le chef karajá se trouvait parmi eux. Il essayait de convaincre le barman de lui servir un autre whisky. Le barman refusait et se moquait du chef. Les acteurs du roman-photo riaient. Mon père m'a rendu le service d'annoncer que j'étais l'arrière-petit-fils du maréchal Rondon par ma mère. Une information dont il se servirait désormais en guise de carte de visite chaque fois qu'il le jugerait bon lorsqu'il m'emmènerait dans la forêt. Cette révélation a eu un effet presque immédiat et, avant même que je puisse comprendre ce qui se passait, le chef ivre était déjà allé dans son village, il avait repris à son fils les différents cadeaux qu'il lui avait donnés (je me souviens surtout d'une massue et d'une aigrette) et il insistait, contre la volonté du gérant à la réception, pour monter dans notre chambre et pour me les offrir en signe de bienvenue.

Dans une des lettres qu'il n'a pas envoyées à Margaret Mead en date du 4 juillet 1939, Quain disait: "Le traitement officiel a réduit les Indiens à la paupérisation. Il existe une opinion très répandue (parmi les quelques personnes qui s'intéressent aux Indiens) selon laquelle la façon de les aider consiste à les couvrir de cadeaux et à les hisser au niveau de notre civilisation." On peut attribuer tout cela à Auguste Comte qui a exercé une influence considérable sur l'enseignement supérieur local et qui, par le truchement de son disciple brésilien spectaculaire, le vieux général Rondon, a corrompu le Service de protection des Indiens. Je n'ai pas encore réussi à prouver la connexion logique, mais je sais qu'elle existe."

Mon père s'est aussitôt entiché d'une des actrices du roman-photo que je reverrais l'été suivant à Pétropolis, un week-end où il était venu me rendre visite avec elle et les deux enfants de la dame (leur père et l'ex-mari de l'actrice avaient aussi une maison de villégiature dans cette ville) et il m'a acheté un "Fort Apache" en plastique pour compenser la déception causée par cette nouvelle rencontre. Sur l'île du Bananal, pendant que l'actrice se faisait photographier pour la revue, mon père et moi, avec mon chapeau de Jim des Forêts et une mauvaise humeur plus que compréhensible chez un gosse de six ans forcé de passer ses journées à sillonner la forêt en jeep et en hors-bord sous un soleil torride, nous sommes partis à la recherche des terres qu'il avait l'intention d'acheter. Quand nous sommes revenus sur l'île du Bananal à la fin d'un après-midi, toute l'équipe du roman-photo et la famille du gérant de l'hôtel nous attendaient pour traverser le fleuve jusqu'à une plage paradisiaque de sable blanc, où il était interdit de nager à toute personne blessée (ou portant un slip rouge, disait le folklore) pour ne pas attirer les piranhas. N'empêche qu'il y avait des bancs de tout petits poissons qui mordillaient les jambes des baigneurs et que les adultes m'ont dit être des bébés piranhas, probablement pour m'effrayer. Quand je n'étais pas avec mon père, je jouais avec le fils du gérant de l'hôtel qui devait être un peu plus âgé que moi. A l'époque, un rapprochement entre tribus ennemies qui étaient en guerre depuis des années était organisé par les frères Villas Bôas au poste Leonardo du Parc indigène du Xingu. Les Villas Bôas essayaient d'attirer les Indiens Txikão dans le parc, ce qui terrorisait les Waura et Yawalapiti, qui s'y trouvaient déjà depuis des années. Tous s'attendaient à un événement sans précédent, à une cérémonie qui serait transformée en spectacle exotique pour un auditoire de Blancs. Des équipes de journalistes et de photographes nationaux et étrangers étaient attendues au poste Leonardo, de même que les autorités militaires et autres invités, tous transportés dans un DC-3 de la FAB. Je ne sais pas qui a eu cette idée. Nous y sommes allés au culot. Ou peut-être le gérant de l'hôtel avait-il été invité. Nous avons quitté l'île du Bananal de bon matin dans le monomoteur de mon père et nous avons pris la direction du Xingu, survolant la forêt et la chaîne montagneuse du Roncador, le gérant de l'hôtel était assis devant, sur le siège du copilote, son fils et moi étions sur la banquette arrière. En survolant le poste Leonardo, nous avons vu des Indiens nous désigner et courir vers la piste. L'avion de la FAB était déjà là. Quand nous avons atterri, le monomoteur a été entouré d'Indiens, des enfants pour la plupart qui, en voyant un garçon de leur âge, ont immédiatement commencé à me toucher et à m'arracher mes vêtements, encouragés par ma frayeur. J'avais beau crier et appeler mon père, il ne pouvait rien faire car lui aussi était immobilisé et entouré d'Indiens, et au fond il trouvait très drôle que je sois emmené par eux – sans doute en avait-il assez de moi et de ma mauvaise humeur. Les petits Indiens m'ont porté. C'était comme si je me trouvais au milieu d'un courant. Il était inutile de résister. A ce que j'ai pu comprendre, ils voulaient me déshabiller, pour que je sois nu comme eux. Nous avons été reçus par un des frères Villas Bôas, Orlando ou Claudio, je ne sais plus, qui a demandé à mon père que nous dormions tous les deux dans l'avion. Ils n'avaient plus où loger les visiteurs et ils craignaient une réaction imprévue des Txikão qui venaient de l'extérieur pour le rassemblement. Bien que petits et frêles, ils étaient très redoutés par les robustes Indiens locaux. Ils passaient pour être traîtres. Ils attaquaient les villages de nuit et volaient les femmes des solides gaillards, la femme d'un des chefs txikão avait été dérobée à une tribu waura quand elle était encore une petite fille. Elle revenait mariée, après des années d'absence. Il se pouvait qu'il y ait un affrontement si sa famille décidait de la récupérer. La nouvelle que les Txikão s'approchaient a suffi pour que les solides gaillards peints d'urucum et aux cheveux coupés en forme de calebasse s'enfuient épouvantés, qu'ils soient yawalapiti ou waura. Ce fut une scène grotesque. Les rachitiques arrivaient de la forêt armés, sortaient des bois et les solides gaillards prenaient la fuite ou se cramponnaient les uns aux autres et se cachaient derrière les Blancs. Cette nuit-là, par sécurité, mon père et moi avons dormi dans le monomoteur et le lendemain matin je me suis réveillé complètement trempé sur la banquette arrière de l'avion. Terrorisé par l'idée des Indiens traîtres et d'un jaguar qui rôdait prétendument autour du village, je n'avais pas eu le courage de me lever pendant la nuit. Je ne me souviens plus si j'ai essayé de réveiller mon père. Quand nous sommes repartis le lendemain, il était en caleçon et avec sa montre. Les Indiens ont gardé le reste. Je ne leur ai rien laissé qui m'appartienne. J'en avais plein le dos de ces gens, je ne voulais rien donner en cadeau à personne, bien que je sois parti les mains pleines, après avoir reçu les inévitables massues, flèches et aigrettes en hommage à mon arrière-grand-père, grâce une fois de plus à l'intervention de mon père. En signe d'adieu, il a décidé au dernier moment d'effectuer un vol en rase-mottes au-dessus du poste. Dans mon inconscience d'enfant, je n'ai même pas eu peur. C'était comme si j'étais sur les montagnes russes d'un parc de loisirs. J'en redemandais, à l'horreur et à la gêne des autres passagers, le gérant de l'hôtel et son fils. Je me souviens seulement d'une foule d'Indiens terrorisés courant de tous côtés et du froid dans mon ventre pendant que nous descendions, nez de l'avion incliné vers le bas, en direction du centre du poste. J'imagine la peur maîtrisée du gérant de l'hôtel et l'irritation des frères Villas Bôas à terre, obligés de supporter toutes sortes de plaisanteries et d'imbécillités de la part des visiteurs.

La conscience du danger ne m'est venue que cinq ans plus tard. J'avais onze ans. Mon père avait déjà le Cessna 310, un bimoteur. Il était déjà le propriétaire d'une ferme de soixante mille *alqueires* dans une zone de savane au sud de l'île du Bananal, le long du Rio das Mortes, à laquelle il a donné le nom de Tracajá, et de celle de Santa Cecília de plus de vingt mille *alqueires* en pleine forêt vierge, à près de quarante kilomètres du Xingu, dans la municipalité de São José. Chiquinho da Vitoriosas n'était pas encore mort. Mon père s'efforçait de construire une route de Vitoriosas à Santa Cecília. Nous sommes partis en camion pour inspecter les travaux et nous avons emmené un mécanicien de Goiânia pour qu'il essaie de réparer un des tracteurs. Nous avons voyagé sur la plate-forme d'un camion qui patinait dans cette mer de boue qu'on ne pouvait appeler route qu'avec beaucoup de bonne volonté et qui montait et descendait en vagues énormes au milieu de la forêt. La route se terminait dans une clairière face à un mur de forêt vierge. Pendant que nous nous en approchions, on nous a conseillé de boutonner le col et les manches de notre chemise et d'enfoncer le bas de notre pantalon dans nos bottes. Le déboisement mettait la forêt en effervescence. Des bêtes et des oiseaux criaient partout, des essaims d'abeilles noires couvraient les bras des hommes. Mon père m'avait enjoint de ne pas bouger, d'essayer de ne pas les mettre en colère et de faire en sorte qu'elles ne pénètrent pas sous ma chemise ou dans mon pantalon. Moi, tout ce que je voulais c'était partir de là. Que faisions-nous au milieu de cet enfer, pour un travail sans gloire qui serait englouti en quelques années ? Le vacarme des cris dans la forêt était effrayant. Nous avons attendu que le mécanicien essaie de réparer le tracteur et nous sommes retournés à Vitoriosas avec l'idée de continuer en avion jusqu'à Santa Cecília. A l'époque, l'exploitation agricole n'était qu'une petite clairière entourée de forêt, avec quelques baraques et une minable piste d'atterrissage en terre. Nous avons passé la nuit dans une cabane d'à peine trois mètres carrés, faite de minces troncs d'arbres plantés dans le sol en terre battue qui soutenaient un toit de feuilles sèches à moins de deux mètres de hauteur. Il y avait deux lits – en réalité deux estrades faites de branches d'arbre appuyées sur quatre fourches plantées dans la terre. Des serpents, des mille-pattes et des scorpions pouvaient pénétrer par les interstices entre les troncs minces qui formaient les murs. La nuit, il faisait un froid de loup. Mon père avait décidé de partir très tôt le lendemain matin. Nous nous sommes réveillés avant le lever du soleil, nous avons bu du café et embarqué avec les bagages. Il faisait déjà jour quand mon père a fait tourner les moteurs, mais le soleil n'était pas encore apparu au-dessus de la barrière d'arbres. Le pare-brise était couvert de rosée. Dans son imprudence, mon père a pensé qu'il suffirait que l'avion roule sur la piste pour que la rosée sèche sur le pare-brise. Ce ne fut pas le cas. Le mécanicien était assis sur le siège du copilote et moi sur la banquette arrière, distrait, lisant une BD. L'avion a roulé sur la piste et s'est mis soudain à trépider anormalement. Mon père a lancé l'avion. Sur le moment, je n'ai rien senti. L'idée était d'aller à Tracajá et de là à Goiânia, où nous laisserions le mécanicien et retournerions à São Paulo. Mais, contrairement à ce qui était prévu, mon père nous a avertis que nous atterririons à Suiá Miçu, une propriété agricole gigantesque, un véritable univers, à l'époque, d'après les on-dit, sous le contrôle actionnaire du Vatican, à mi-chemin entre le Xingu et le Rio das Mortes. J'ai demandé à mon père ce qu'était ce bruit de quelque chose qui claquait contre la queue de l'avion. Il a répondu qu'il avait sans doute heurté un oiseau et m'a ordonné de me taire. Plus personne n'a ouvert la bouche pendant le voyage. C'est seulement quand nous nous sommes approchés de la ferme Suiá Miçu, quand la piste, peut-être la meilleure de la région, apparaissait déjà au loin, que mon père s'est tourné vers le mécanicien et moi et a annoncé qu'il allait arrêter les moteurs pour que le carburant reste dans les réservoirs à l'extrémité des ailes. Il nous a dit de ne pas nous inquiéter. Il a recommandé au mécanicien d'ouvrir la porte avant que l'avion ne touche terre et il a dit que dès que nous atterririons, nous devions nous jeter dehors tous les deux parce que l'avion pouvait exploser. J'ai abandonné ma BD et écarquillé les yeux. Je ne savais toujours pas ce qui s'était passé. En quittant Santa Cecília, quand il essayait de décoller, mon père avait fait une fausse manœuvre. Il espérait nettoyer le pare-brise et ne s'était pas rendu compte qu'il avait déjà quitté la piste et était entré dans la forêt. C'est alors qu'il a décollé. Il était déjà au milieu des arbres et le train d'atterrissage était endommagé. Les fils des antennes de la radio avaient été coupés par les branches des arbres. Le bruit à la queue de l'avion était causé par les fils qui claquaient au vent. Nous avions failli nous écraser dans la forêt. Maintenant le bimoteur descendait en vol plané, les moteurs étaient arrêtés et le nez de l'avion pointait vers le haut. Je ne me souviens plus si le mécanicien avait ouvert la porte sur l'aile quand nous étions encore en l'air. J'étais paniqué. L'avion a heurté le sol avec son ventre puisque le train d'atterrissage était détraqué. L'aile gauche a été arrachée par l'impact et nous sommes entrés tout droit dans un talus à gauche de la piste. Personne ne s'est jeté hors de l'avion. Personne n'a été blessé. Le mécanicien est descendu. Moi aussi, mais avec des jambes flageolantes. Je me suis mis à pleurer et à hurler dans une crise d'hystérie, seulement une fois à terre, implorant mon père de sortir de l'avion. Le plus incroyable, c'est que dans mon souvenir il en est sorti en riant. C'était un rire jaune, peut-être de soulagement, peut-être pour masquer sa peur. Les véhicules de l'administrateur de l'exploitation sont arrivés aussitôt. Après avoir constaté que personne n'était blessé, il nous a invités à déjeuner, m'a donné un calmant et a ordonné à un de ses employés de nous conduire dans une bourgade voisine où nous pourrions prendre un taxi aérien. Nous avons roulé quatre heures, sinon plus, sur une piste de terre et le seul avion disponible sur le petit champ d'aviation était le fatidique Bonanza, avec sa queue en V, réputé pour son manque de stabilité. Je n'ai jamais autant vomi que pendant ce voyage à Goiânia où j'ai dormi vingt-quatre heures d'affilée, en partie grâce à l'effet du calmant. Quand je me suis réveillé, mon père m'a dit qu'il avait failli appeler un médecin. Il avait cru que j'étais mourant. Le jour où je me suis réveillé, les gros titres des journaux concernaient la tragédie d'un avion de la Varig qui avait pris feu mystérieusement en descendant vers l'aéroport d'Orly, tuant une bonne partie de l'équipage et tous les passagers sauf un. Le journal publiait les photos des célébrités mortes. Et, d'une certaine façon, j'ai associé la grande tragédie à notre petit accident, comme s'il y avait un lien incompréhensible entre les deux. En tout cas, le Xingu est resté dans ma mémoire comme l'image même de l'enfer. Je ne comprenais pas pourquoi les Indiens s'étaient installés là, ce qui leur avait pris, cela me paraissait d'une bêtise incroyable, et même d'un masochisme certain et une espèce de suicide. Je n'ai plus pensé à cela jusqu'à ce que l'anthropologue, qui m'a enfin amené chez les Krahô en août 2001, me dise: "Voyez le Xingu. Pourquoi les Indiens sont-ils là? Parce qu'ils ont été repoussés, acculés, ils ont fui jusqu'à s'établir dans le lieu le plus inhospitalier et inaccessible, le plus impropre à leur survie et en même temps leur unique et dernier refuge. Le Xingu est tout ce qui leur restait."

Je me suis mis à chercher des informations sur les Krahô peu de temps après avoir lu cet article sur le suicide de Quain dans un journal. A l'aube du dimanche 25 août 1940, un an après le suicide de l'ethnologue, le village où il avait passé ses derniers mois a été attaqué par onze hommes armés de carabines sous le commandement de deux fermiers, José Santiago et João Gomes, de la municipalité de Pedro Afonso rattachée à l'époque à l'État de Goiás, qui ont soigneusement organisé l'embuscade avec traîtrise et perversité, pour se venger et donner une leçon aux Indiens qui volaient leur bétail. D'après les calculs définitifs du carnage qui eut aussi pour cible un autre village, vingt-six

Indiens sont morts, entre les hommes, les femmes et les enfants. Avant d'attaquer, les fermiers ont offert un bœuf au village de Cabeceira Grossa, prévoyant que les Indiens s'y rassembleraient pour partager la viande. C'était un guet-apens : ils ont attaqué à l'aube, quand les hommes, les femmes et les enfants mangeaient distraitement. Surpris à l'improviste, les Indiens ont tenté de s'enfuir dans la forêt. Certains ont disparu pendant plusieurs jours. Ce fut le cas du vieux Vicente, qui était encore un jeune homme et qui a réussi à s'enfuir en courant. Quand j'ai rendu visite aux Krahô, en août 2001, il m'a raconté sa version de l'histoire (il n'avait pas connu Quain car il travaillait pour les Blancs dans le Pará pendant les mois que l'Américain avait passés dans le village). Des femmes avec des enfants à la mamelle furent tuées. Attaqué, le chef, Luis Balbino, demanda à parler aux fermiers, mais il fut assassiné par les assaillants qui pillèrent le village et emportèrent aussi les objets donnés par Quain. Sous la pression de l'Estado Novo, les fermiers furent jugés et condamnés, mais ils purgèrent leur peine en liberté conditionnelle. Cet épisode fut à l'origine de la délimitation du territoire krahô et de la création du poste indigène Manoel da Nóbrega par le Service de protection des Indiens. Les conséquences du traumatisme du massacre furent immenses et sont décelables jusque dans le mouvement messianique qui s'est développé chez les Krahô, en 1952, dans un autre village. Un voyant, à l'évidence sous l'influence de la marihuana, s'est mis à prophétiser la disparition des Blancs et la transformation des Indiens en civilisés, événements qui lui étaient annoncés par le dieu de la pluie dans des expériences surnaturelles. Le mouvement a perdu sa crédibilité quand les prophéties ne se sont pas réalisées.

Dans ma recherche d'informations sur les Krahô, j'ai fini par tomber sur un couple d'anthropologues qui, après les avoir étudiés et avoir vécu parmi eux pendant plus de deux ans, ont décidé de créer une organisation indépendante d'assistance aux Indiens avec un financement national et international. Nous nous sommes donné rendez-vous au siège de l'organisation à São Paulo. Je leur ai raconté le but de mes recherches et à ma grande surprise ils m'ont dit qu'ils avaient connu dans son vieil âge un des deux Indiens qui avaient accompagné Buell Quain la nuit de son suicide.

Pendant leur séjour chez les Krahô, les deux anthropologues furent abordés plusieurs fois par le vieux João Canuto Ropka qui leur demanda s'ils avaient entendu parler du Dr Quain Buele, l'ethnologue américain à la mort duquel il avait assisté. Ils ont mis du temps à se souvenir du nom. Ils écoutaient les histoires du vieux sans leur prêter une grande attention. L'ignorance des Blancs à propos d'un des événements les plus extraordinaires et traumatisants de sa vie l'étonnait et le contrariait à la fois. Pour le vieillard, il était incroyable que des Blancs ne sachent pas qui était le Dr Quain Buele, m'a dit le couple d'anthropologues lorsque nous nous sommes rencontrés dans une pièce pleine de piles de documents, d'archives et de cartes, avec la démarcation des terres indigènes, éparpillées sur les murs.

A ce stade, j'étais déjà complètement obsédé, je ne réussissais à penser à rien d'autre et comme tous les autres que j'avais cherché à voir avant, eux non plus ne m'ont pas demandé pourquoi. Personne ne voulait connaître mes raisons. Je disais que je voulais écrire un roman. Devant mon enthousiasme, qui pouvait paraître maladif et inexplicable à d'autres, je pense qu'au début les deux anthropologues ont juste été un peu méfiants. Je voulais visiter les Krahô et, si possible, le lieu du suicide. Ils ont écouté mon histoire en silence, échangeant de temps en temps des regards qui pouvaient être de méfiance ou simplement de complicité. Il se peut qu'au début ils aient voulu s'assurer de mes intentions à l'égard des Indiens. L'anthropologue m'a dit que justement il avait prévu un voyage à Carolina. Il organisait une rencontre entre les représentants de plusieurs groupes timbira de la région, pas uniquement les Krahô mais aussi les Canela et les Gavião. Il a dit que je pouvais l'accompagner si je le souhaitais. Il avait promis aux Krahô d'emmener son fils aîné au village quand la réunion à Carolina serait finie. Le jeune homme, qui avait une vingtaine d'années, avait survécu à une opération du cœur, suite à un problème congénital. Après avoir différé plusieurs fois l'opération tout au long de son enfance et de son adolescence, on avait enfin décidé de l'opérer. La chirurgie, qui n'était ni simple ni sans risques, avait réussi et les Indiens, en signe de reconnaissance, voulaient commémorer la résurrection du jeune homme qu'ils avaient connu tout petit.

Par une étrange coïncidence, puisque l'assemblée timbira avait finalement été prévue pour le 31 juillet et le 1er août, notre visite au village devait être repoussée au 2 août, le jour même où Buell Quain s'était suicidé, soixante-deux ans plus tôt, alors qu'il essayait de parcourir le même chemin en sens inverse. L'anthropologue et son fils étaient déjà à Carolina depuis plusieurs jours lorsque je suis arrivé, après un vol avec escale à Brasília, Palma et Araguaína, où m'attendait un chauffeur de taxi qui n'a pas arrêté une seconde de parler pendant un parcours d'un peu plus de deux cents kilomètres sur une route presque entièrement asphaltée, qui coupait la savane au milieu de hauts plateaux sous le soleil féroce de deux heures de l'après-midi.

Carolina est une bourgade morte, comme avait déclaré Quain en y débarquant pour la première fois, mais qui a son charme, et encore plus aujourd'hui, car elle résulte de l'abandon et d'une décadence tranquille, comme si tout s'était arrêté et avait été préservé par le temps. La route qui vient d'Araguaína débouche en face de la ville sur l'autre rive du Tocantins, dans ce qui n'est en réalité qu'une agglomération faite de quelques rues, mais à laquelle a été donné le nom extraordinaire de Filadélfia. Quand le fleuve, abondant même pendant l'étiage, s'est dévoilé devant nous quand nous descendions pour prendre le bac et que j'ai pu apercevoir le petit port sur la berge opposée et le chantier naval Pipes, j'ai immédiatement été pris de la sensation sinistre que je reconnaissais l'endroit, comme si j'avais déjà vu ce paysage auparavant. C'était exactement le même décor que celui que j'avais vu sur la photo montrant l'arrivée de Quain dans la ville, publiée à la première page du numéro daté du 18 août 1939 de *O Globo* qui annonçait avec un certain retard la mort de l'ethnologue: "Instantanés sensationnels du scientifique qui s'est suicidé dans les forêts du Brésil."

Quand on monte du port, on doit passer par l'avenue Getúlio Vargas, une allée de manguiers qui aboutit à l'église paroissiale. L'auberge où je suis descendu est située à quelques mètres de l'ancienne maison de plain-pied de Manoel Perna, aujourd'hui défigurée par des carreaux de faïence et des huisseries en aluminium. A la fin de l'après-midi, les habitants qui ont trop chaud installent des chaises sur le trottoir en face de leur maison et bavardent jusqu'à tard dans la nuit. Ce fut chez Manoel Perna que Buell Quain trouva un interlocuteur attentif à son arrivée en mars pendant les nuits qu'il passa à Carolina et plus tard, lors de son passage en ville fin mai et début juin quand il vint chercher ses lettres, de l'argent, des provisions et célébrer son anniversaire. Ce fut chez lui que le groupe d'Indiens se dirigea deux mois plus tard pour annoncer la tragédie et remettre les objets personnels du mort à l'ingénieur.

J'ai à peine vu l'anthropologue le jour où je suis arrivé. Il était très occupé par les Indiens. Nous avons décidé de nous retrouver le lendemain à l'heure du déjeuner dans les environs de la ville, là où les Krahô étaient rassemblés. Il m'avait promis de me présenter à un vieillard qui avait connu Quain. J'ai eu la matinée à moi pour me lancer sur les pistes d'une éventuelle enquête sur la mort de l'ethnologue, d'un document quelconque qui aurait été archivé dans l'étude des notaires de la ville. Je n'ai rien trouvé dans les papiers qui se désagrégeaient en poussière entre les doigts, des dossiers d'homicides, de crimes passionnels et d'intérêt, de querelles familiales et de suicides, entassés dans des classeurs poussiéreux en haut d'étagères oubliées dans des pièces sans fenêtres, véritables fournaises au fond de vieilles maisons, de plain-pied au milieu du *sertão*. J'ai déambulé dans la ville déserte. Il faisait quarante degrés. J'ai fini dans l'église paroissiale. La porte était fermée, mais quelqu'un qui passait à bicyclette, en me voyant essayer d'entrer, m'a suggéré d'aller voir le curé dans une maison verte de l'autre côté de la rue. J'ai été reçu par le sacristain. J'ai demandé s'il était possible de visiter l'église et de monter dans le clocher. Je voulais prendre une photo panoramique de la ville. Le jeune homme m'a donné la clé d'une porte latérale et m'a demandé de la suspendre à un clou, à l'entrée du presbytère, si par hasard je ne l'y trouvais pas à mon retour, une fois ma visite de l'église terminée. Il s'apprêtait à aller déjeuner. La nef était en travaux et l'intérieur du clocher semblait inachevé. Il y avait des morceaux de bois partout. Les murs étaient en briques apparentes, sans revêtement, et un escalier en ciment montait autour d'un espace vide de près de deux mètres de large. J'ai commencé à grimper sans trop de difficultés. J'ai toujours eu un peu peur de la hauteur, mais sans que cela frise la phobie. Plus je grimpais, plus l'épaisseur des marches en ciment diminuait. Du travail de maçonnerie bâclé. On avait l'impression que tout en haut les marches trop minces ne supporteraient plus le poids d'un homme. Il n'y avait pas de rampe et j'ai commencé à me tenir aux murs, transpirant de chaleur ou de peur, je ne savais plus. J'évitais de regarder le vide central et vers le bas. Soudain, lever la jambe pour atteindre la marche suivante est devenu un effort et peu à peu je me suis mis à avancer à quatre pattes sur le ciment irrégulier. Quand je suis arrivé tout en haut du clocher, un paysage extraordinaire s'est déployé devant moi. L'avenue Getúlio Vargas, avec le feuillage de ses manguiers centenaires, et, à droite, le Tocantins au débit abondant qui coulait à travers la forêt en direction des plateaux au loin. Des silhouettes solitaires passaient en contrebas cachées sous des ombrelles. J'étais seul. Pas un bruit en dehors du vent. Je n'avais jamais souffert de vertige et, tout à coup, c'était comme si je prenais conscience pour la première fois de mon incapacité de contrôler mon propre corps, comme si une force extérieure à ma volonté pouvait me précipiter d'en haut d'un instant à l'autre. Les restes de Buell Quain étaient enterrés quelque part au sud de cette immensité. J'ai pris des photos et je suis redescendu, assis sur le derrière, une marche après l'autre. J'ai rendu la clé au sacristain qui était encore au presbytère et qui ne s'attendait pas à me revoir si vite. Je n'ai raconté à personne mon passage par l'église. A midi, comme convenu, j'ai pris un taxi et je me suis rendu à l'assemblée timbira organisée sous un abri en bois à dix-huit kilomètres de la ville, après une sablière à droite de la route qui va à Imperatriz, dans un endroit appelé Urupuxete. Mon idée était de parler au vieux Diniz, le seul Krahô en vie qui, lorsqu'il était encore enfant, avait connu Quain et qui pourrait m'indiquer où l'ethnologue avait été enterré. Le vieil homme ne vivait pas dans le village où l'anthropologue m'emmenait. L'assemblée était ma seule occasion de l'interviewer.

Je suis arrivé quand les Indiens étaient en train de déjeuner. Le vieux Diniz était assis sur un long banc au bout d'une grande table où une vingtaine de personnes mangeaient des macaronis avec du riz et des haricots noirs.

Son fils était à côté de lui. C'était un homme au visage grêlé, de grande taille, qui l'accompagnait partout. Tous deux étaient torse nu, en short et chaussés de tongs. Dès que le vieux a eu fini de déjeuner, l'anthropologue nous a présentés. Nous nous sommes assis dans un coin et nous avons aussitôt été entourés par d'autres Indiens curieux et méfiants. Au début, j'ai cru qu'ils savaient ce que je voulais et qu'ils étaient là pour m'intimider et pour aider le vieux mais peu à peu j'ai compris qu'ils n'étaient au courant de rien. Ils étaient aussi curieux que moi. Ils étaient jeunes, ils savaient que quelque chose de grave, susceptible de leur nuire, était arrivé dans un passé lointain, mais ils ignoraient quoi exactement. S'ils entouraient le vieux, c'était à la fois pour le protéger et le surveiller, pour veiller à ce qu'il ne révèle rien, pour autant qu'il y ait quoi que ce soit à révéler. J'ai sorti mon magnétophone de ma poche. Le vieil homme a aussitôt désigné l'appareil et dit sans la moindre cérémonie: "Il m'en faut un comme ça." Cela m'a laissé pantois. Déconcerté, j'ai regardé l'anthropologue. Je venais à peine d'arriver et déjà je ne savais pas comment réagir. "C'est le seul que j'aie et j'en ai besoin pour travailler", ai-je répondu, suivant en cela les conseils de l'anthropologue concernant la conduite à tenir pour ce qui était des outils personnels de travail que je souhaitais conserver, dès lors qu'il me faudrait renoncer à tout le reste pour ne pas avoir l'air grossier et éviter la gêne de me les voir éventuellement volés. Mais, percevant mon embarras, le vieux ne s'est pas laissé décourager: "Vous n'avez pas compris. Ce n'est pas votre magnétophone à vous que je veux. J'en veux un pareil." J'ai essayé de ne pas me laisser faire: "C'est le seul que j'aie." A quoi le vieux a rétorqué: "Là-bas, à São Paulo, vous en achetez un pareil et vous l'envoyez par la poste."

La conversation avait à peine commencé que déjà elle prenait une tournure fâcheuse. L'anthropologue est venu à mon secours. Il a interrompu ce dialogue qui autrement n'aurait pas eu de fin – car le vieux aussi bien que moi savions ce que l'autre disait et que nous ne voulions pas comprendre – et il a questionné Diniz sur l'histoire de "l'ethnologue américain" comme si de rien n'était, comme si l'idée venait de lui passer soudain par la tête et qu'elle n'était pas la raison de ma présence là. Le début de cette rencontre et mon manque de tact manifeste m'avaient tellement déconcerté que je n'ai pas eu le temps ou que j'ai oublié de mettre le magnétophone en marche lorsque le vieux Diniz a répondu : "Cãmtwyon." Quoi ? J'ai regardé l'anthropologue comme pour lui demander de traduire et j'ai lu dans ses yeux de la surprise aussi, de la complicité et un certain enthousiasme. "C'est le nom, m'a-t-il dit, tout excité. C'est comme ça qu'ils appelaient l'Américain." Je lui ai demandé de répéter. Le vieux a répété et l'anthropologue a écrit sur mon bloc-notes. "Qu'est-ce que ça signifie ?" ai-je demandé. Mais personne ne savait au juste. Le vieux se bornait à répéter : "Cãmtwyon, Cãmtwyon." J'ai passé le reste du voyage à essayer de trouver quelqu'un qui me déchiffre la signification de ce nom. Deux jours plus tard, lorsque nous sommes arrivés dans le village, Sabino Côjam et Creuza Prumkwyi qui parmi les jeunes formaient le couple le plus actif et le plus intéressé par l'étude de leur propre langue, "les intellectuels du village", comme les avait appelés en plaisantant l'anthropologue en me les présentant encore à Carolina, m'ont dit que *twyon* voulait dire limace, l'escargot et son sillage. L'anthropologue m'avait déjà dit que *cãm* était le présent, le *hic* et *nunc*, mais personne ne parvenait à extraire le sens de la combinaison de ces deux mots. L'anthropologue m'a expliqué que, contrairement à ce que les Blancs pensent habituellement, les noms des Indiens ne veulent pas toujours dire quelque chose et surtout n'ont rien à voir avec la personnalité de l'individu nommé. Ils font partie d'un répertoire et sont attribués au hasard. Je reviendrais à São Paulo sans connaître la signification de ce nom. Mais je ne parvenais pas à accepter qu'il ne révèle pas quelque chose de Quain lui-même, qu'il n'y ait aucun lien entre le nom et la personne. Je me suis décidé pour une interprétation sauvage et un tant soit peu morale : pour moi "Cãmtwyon" est devenu à la fois la maison de l'escargot et son fardeau dans le monde, la coquille qu'il transporte partout et qui lui sert aussi d'abri, et son corps dont il ne peut se libérer sauf par la mort, son *hic* et *nunc* pour toujours. "Cãmtwyon" est devenu pour moi le sillage de l'escargot : inutile de fuir, où que vous soyez, vous serez toujours là. L'image m'a fait penser à un texte de Francis Ponge sur les escargots : "Et accepte-toi tel que tu es. En accord avec tes vices. En proportion avec ta mesure."

"C'est Craviro qui lui a donné ce nom", avait conclu le vieux.

Luis Balbino, le chef du village qui serait assassiné lors du massacre un an après la mort de Quain, se trouvait probablement parmi les Indiens qui avaient posé sur l'aile de l'hydravion de la Condor le jour de l'arrivée de l'ethnologue à Carolina. C'est lui qui le conduisit au village. Quain acheta beaucoup de choses à Carolina : de la nourriture, des jouets à offrir, une arme et des munitions dans la boutique du commerçant et du fermier Justino Medeiros Aires, un des "intellectuels" évoqués par l'anthropologue dans sa lettre à Ruth Landes le matin de son départ pour le village. Justino avait été vice-président du Cercle littéraire de Carolina dans sa jeunesse. Il avait prononcé un des discours en hommage à Humberto de Campos lors de la cérémonie à laquelle l'ethnologue avait assisté le 8 mars 1939 : "Humberto, l'adolescent." "C'est Justino qui a fourni les munitions pour le massacre des Krahô", avait dit le vieux Diniz. En arrivant dans le village, Balbino a dit à l'anthropologue qu'il habiterait d'abord dans la maison de Mundico en attendant qu'on lui construise une hutte. L'Américain parlait davantage avec Balbino et Mundico car c'était eux qui connaissaient le mieux le portugais. Mundico avait été emmené par un pasteur à Itacaja où il avait été éduqué avant de retourner dans son village. Je me suis demandé si ce n'était pas de lui (du pasteur ou de Mundico lui-même) que Buell Quain parlait dans son rapport sur les Krahô quand il fait état de "l'influence d'un homme particulièrement évolué de trente-cinq ans qui enseignait les danses brésiliennes aux Indiens." Diniz était tout juste un petit garçon qui observait avec curiosité les mouvements de l'ethnologue. Il observait tout. Le village s'était installé récemment dans ce lieu, appelé Cabeceira Grossa. Quain y a recensé deux cent dix individus. Le lendemain de son arrivée, il est allé prendre un bain dans la rivière et Diniz, qui l'épiait, l'a vu se raser la tête. L'ethnologue ne mangeait pas avec les Indiens et refusait leur nourriture. Il ne mangeait pas de pâte de manioc. Il avait son propre riz. Un jour, il a aidé à un accouchement, il a donné un nom au nouveau-né et apporté des cadeaux. Mais, d'habitude, il ne participait à rien. Il écrivait pendant des journées entières. "Il fumait comme un fou. Du tabac en feuilles, enroulé en forme de corde", a dit le vieux. Buvait-il ? "Non, il ne buvait pas." Il passait des disques pour le village et il chantait. Un petit garçon lui chantait les chansons du village. "Il s'appelait Zacarias. Il est mort", a dit le vieux. Je lui ai demandé s'il savait pourquoi Buell Quain s'était tué. "Je crois qu'il est devenu fou après avoir reçu des lettres. Il a dit que sa femme l'avait trompé avec son frère. Après, il mettait seulement de l'ordre dans ses affaires, il ne faisait rien d'autre, il ne parlait à personne. Un jour, il a dit qu'il partait, pas très longtemps après avoir reçu les lettres. Il a engagé deux jeunes, João Canuto et Ismael – ils sont tous les deux morts –, il est allé dans la cour et a dit au revoir. Ils sont partis le matin."

Les contradictions entre la version officielle et le récit du vieux Diniz concernent surtout les dates et la synchronicité des événements. D'après le vieillard, les trois hommes sont arrivés en fin d'après-midi près d'un marais, un endroit où il y avait de l'eau, un ruisseau probablement, et l'ethnologue a demandé à s'arrêter. Il a dit qu'il ne pouvait pas continuer, il était trop fatigué. Il a trouvé le paysage beau, "un lieu enchanteur pour y établir sa demeure", d'après le récit fait par Manoel Perna à dona Heloísa, sur la base de ce que les Indiens, pleins d'appréhension, lui ont raconté en arrivant à Carolina une semaine plus tard et qui a été confirmé par Carlos Dias, le représentant local de la Banque du Brésil, dans la lettre qu'il a envoyée à Rio de Janeiro, sauf que dans la version du vieux Diniz, tout se serait passé dès la première nuit. S'ils ont vraiment quitté le village le 31 et si on pense au quatre-vingt-dix kilomètres qui leur restaient encore à parcourir jusqu'à Carolina, ils avaient déjà marché trois jours si on compte près de trente kilomètres par jour. Selon la version officielle, l'anthropologue s'est tué dans la nuit du 2, bien que dans une de ses lettres sa mère parle de la mort de son fils à la fin d'une tentative peu glorieuse de retour à la civilisation après une marche de quatre jours. "Ils ont fait halte dans la forêt. Il a dit qu'il ne pouvait pas aller plus loin, les deux jeunes lui ont construit une hutte de feuillage", a déclaré le vieux Diniz. C'est alors, à la fin de l'après-midi et jusque tard dans la nuit, que Buell Quain écrit ses dernières lettres, toujours "en pleurant abondamment", selon Manoel Perna. Il a confié un billet à João Canuto et lui a ordonné de le porter à la ferme la plus proche. L'Indien a obéi. L'autre garçon serait resté avec l'ethnologue et aurait dormi. Il y a aussi plusieurs contradictions dans le récit de Diniz, ce qui est normal pour quelqu'un qui a juste entendu l'histoire dans son enfance et qui la répète soixante ans plus tard sans avoir assisté à quoi que ce soit. D'après lui, par exemple, Quain "s'est tailladé entièrement quand il faisait encore jour, perdant du sang" et après "il a brûlé de l'argent" tout en écrivant ses lettres, ce qui le pousse à conclure que l'ethnologue était devenu fou. Dans la version officielle, l'ethnologue aurait brûlé toutes les lettres qu'il avait reçues, ne laissant aucune piste concernant les raisons supposées qui l'auraient mené au suicide. "Il n'a rien dit de la correspondance reçue qui lui avait fait si mal et il n'en a rien révélé aux Indiens, et après l'avoir lue, il l'a brûlée et réduite en cendres", a écrit Carlos Dias, le banquier de Carolina, dans la lettre où il rendait des comptes à Heloísa Alberto Torres. Quain s'est tailladé le cou et les bras. Mais s'il a commencé à se mutiler quand il faisait encore jour, comme m'a dit le vieux Diniz, comment se fait-il qu'il n'ait pas été vu par l'Indien Ismael, qui serait resté à ses côtés pendant que l'autre était allé porter le billet à la ferme la plus proche ? Dans les récits officiels, Ismael dormait et a fui en se réveillant et en apercevant la scène dantesque d'un Quain tout ensanglanté. João Canuto ne connaissait pas la teneur du billet qu'il apportait à Balduino, le propriétaire de la ferme de Serrinha. Balduino était absent quand l'Indien est arrivé. Personne à la ferme ne savait lire. Dans le billet, l'ethnologue demandait une pelle et une houe pour creuser une tombe, car il voulait être enterré sur place, "là où on le trouverait mort". En rentrant au campement sans pelle ni houe, João Canuto l'a découvert tout tailladé avec un rasoir de barbier et couvert de sang. Horrifié, il a supplié l'ethnologue d'arrêter de se maltraiter, de ne pas faire ça, de ne pas mourir. Il lui a demandé pourquoi il se tailladait et le fou a répondu qu'il "devait atténuer sa souffrance, apaiser sa douleur atroce", il ne pouvait plus poursuivre son chemin, il avait honte d'arriver dans cet état à Carolina. Aucun des récits n'explique clairement si la honte qu'il évoquait dans son désespoir concernait le fait hypothétique d'avoir été trompé par sa femme ou s'il ne pouvait plus affronter le monde maintenant qu'il était tout tailladé après sa tentative de suicide. Comme si, en voyant revenir l'Indien, il avait retrouvé sa conscience pendant quelque temps après son acte de folie et comprenait qu'il ne pouvait plus revenir en arrière. Effrayé, João lui aussi a pris la fuite. Il est retourné à la ferme de Serrinha pour demander de l'aide. Quand il est revenu le lendemain matin, accompagné du fermier Balduino et d'autres vachers, il a découvert l'ethnologue au-dessus d'une flaque de sang, pendu à un arbre oblique. "Il s'est pendu avec la corde du hamac à un épais poteau incliné quand les Indiens se sont enfuis", a dit le vieux Diniz. Il a été enterré sur place, comme il l'avait demandé. Ils ont creusé une fosse et une fois celle-ci refermée, ils ont marqué la sépulture avec des tiges de palme. Jamais aucun représentant de la police ni des pouvoirs locaux ne s'est rendu là-bas. Le corps n'a pas été exhumé. Aucune enquête n'est archivée à l'office notarial ni au greffe de Carolina ou de Pedro Afonso. Au commissariat de police de Carolina, les dossiers antérieurs à 1980 ont été brûlés. Les demandes d'Heloísa Alberto Torres qui souhaitait que la sépulture fût marquée au cas où la famille voudrait un jour rendre hommage au défunt ne furent pas suivies d'effet. Pour autant qu'on sache, personne n'est jamais retourné là-bas.

Quain n'avait pas de frère. Avant d'aller à Carolina au début du mois de juin, quand j'essayais de localiser la famille de Manoel Perna, j'ai fini par découvrir dans l'annuaire téléphonique sa fille aînée, Raimunda, qui habitait à Miracema do Tocantins. Elle m'a dit que d'après ce que les Indiens avaient raconté à son père, la raison du suicide de Quain aurait été la découverte que sa femme l'avait trompé avec son beau-frère. Ce fut un choc d'entendre cela pour la première fois, choc encore plus grand lorsque j'appris que parmi les lettres laissées par Quain avant de se tuer, il y en avait une pour le mari de sa sœur – et aucune pour elle-même ou pour sa mère. Quand j'ai raconté cela à l'anthropologue qui m'avait alerté sur cette histoire avec son article, elle m'a fait remarquer que les termes frère et beau-frère peuvent avoir chez les Indiens un sens symbolique ou classificatoire et donc être liés à la transmission du nom et n'avoir aucun rapport avec la parenté consanguine. Frère ou beau-frère, d'après elle, pouvait être tout bonnement un ami, quelqu'un dans le cercle des relations de Quain. Et j'ai dû lui rappeler qu'à notre connaissance Quain n'avait pas de femme. Quain pouvait s'être prétendu marié pour des raisons pratiques et pour protéger sa vie privée (c'était sûrement pour cela qu'il avait mentionné son état civil dans la demande d'autorisation de recherche envoyée au Conseil des expéditions artistiques et scientifiques dès son arrivée au Brésil, de même que ce qu'il disait aux Indiens afin d'éviter des questions ou des situations embarrassantes), mais dans son for intérieur il pouvait très bien aussi se référer à une autre personne – et pourquoi pas à sa sœur ?

Un ami sceptique à qui j'avais fini par raconter l'histoire me dirait plus tard en riant : "C'est impossible. Ce serait trop rodriguien", faisant allusion aux situations incestueuses dans les pièces de théâtre de Nelson Rodrigues. En réalité, le neveu et la nièce de Quain étaient nés en 1928 et 1932 respectivement, ce qui veut dire que sa sœur était déjà mariée quand le futur ethnologue était encore adolescent et que le beau-frère faisait partie de la famille depuis plus de dix ans quand Buell s'était tué. Il était donc difficile que quoi que ce soit de nouveau dans le comportement du beau-frère puisse expliquer le suicide de l'ethnologue. L'idée que le beau-frère ait trompé la sœur de Quain à l'époque avec une autre femme, bien qu'elle ne pût être totalement écartée, n'était pas non plus très plausible, en tout cas en tant que motif de suicide. Immédiatement après la mort de Buell, sa mère va passer les fêtes avec la famille de sa fille dans l'Oregon et rien ne transparaît dans ses lettres, encore qu'elle ne soit pas une femme disposée à regarder la vérité de ce qui la touche de près ni à laisser autrui la regarder. De toute façon, il est difficile de penser qu'elle essaierait d'échapper à la tristesse et à la solitude en se rapprochant de la cause présumée du suicide de son fils. Il est impossible que s'il y avait eu quelque chose de ce genre, rien n'en ait filtré dans un geste, dans une parole.

Il est quand même mystérieux que parmi les sept lettres écrites par Quain dans les heures qui ont précédé son suicide, une soit destinée à son beau-frère. L'ethnologue n'a écrit ni à sa mère ni à sa sœur. Uniquement aux hommes de la famille. Il se peut aussi qu'il s'agisse de lettres dans lesquelles il demandait à son père et à son beau-frère de veiller sur sa mère et sa sœur, maintenant que lui-même ne pourrait plus s'occuper d'elles. Mais l'idée d'une relation ambiguë avec sa sœur, bien qu'imaginaire, ne m'est plus jamais sortie de la tête, comme un fantôme dont je ne pourrai jamais savoir s'il existe ou non.

Le 13 septembre 1939, Marion Quain Kaiser, la sœur de Buell, a écrit de Chicago une lettre très étrange à Ruth Benedict. "Puisque ma mère vous a déjà écrit, je n'ai pas ressenti le besoin de le faire. Mais votre lettre à ma mère, arrivée aujourd'hui, m'a convaincue qu'il fallait que j'éclaircisse, dans la mesure du possible, la question du testament de Buell. Tout d'abord, mon père, qui vous a écrit de Seattle, s'est plus ou moins éloigné de la famille après avoir divorcé de ma mère de manière insensée l'hiver dernier. Il ne s'est jamais intéressé au travail ni aux objectifs de Buell. Je crains que cette tragédie ne l'ait pas touché autant que nous. Mais le fait que Buell ait souhaité que ses investissements vous soient transférés a tracassé mon père, car l'ARGENT l'a toujours beaucoup intéressé."

Une fois de plus, après la mort de Quain, c'était l'argent qui faisait problème. Dans la lettre qu'il a laissée en mourant pour Ruth Benedict où il lui demandait de la désinfecter par précaution avant de la lire, tout comme il avait alerté dona Heloísa dans celle qu'il lui avait écrite dans les mêmes circonstances ("Je souffre d'une fièvre qui est peut-être contagieuse, stérilisez cette lettre"), l'ethnologue disait: "Je vais mourir. Pardonnez-moi d'avoir échoué si lamentablement dans mon projet brésilien après vous avoir tellement importunée. Mais je suis sûr que tout n'est pas perdu. Beaucoup de travail peut encore se faire au Brésil, je vous souhaite bonne chance et vous envoie mes salutations les plus affectueuses, à vous personnellement. Je dois vous demander (vous m'en excuserez), à l'exception des quatre mille que j'ai gaspillés au Brésil et qui vous appartiennent, de bien vouloir faire envoyer le reste de mon argent à ma sœur et à ma nièce qui sont fauchées et qui en ont besoin. Vous recevrez cette lettre après ma mort. Les Indiens sont à l'abri et j'en suis fort heureux."

A l'abri de quoi? Ou de qui?

Une bonne partie de ce que l'ethnologue a laissé provenait d'une assurance. Dans la lettre qu'elle a écrite à Ruth Benedict, Marion se montrait agacée à l'idée que quelque chose dans sa correspondance avec son frère aurait pu pousser celui-ci au suicide: "Je n'arrive pas à comprendre ce qui a pris à Buell de penser soudain que j'avais besoin de son argent. J'espère simplement que ce qui a été dit à propos des lettres qu'il a reçues et qui l'ont bouleversé est faux. Mais le billet qu'il vous a envoyé donne à entendre que je suis la cause qui l'a poussé à décider qu'il serait plus utile à tous s'il était mort. Je sais que normalement Buell ne serait pas aussi bête. Je suis malade rien qu'à l'idée qu'une bêtise que j'aurais écrite pourrait avoir tout déclenché. Aucun de nous ne connaîtra probablement jamais les faits, c'est pourquoi il nous est si difficile de nous en détacher. Je ne suis pas fauchée et en tout cas je n'ai aucun besoin désespéré de fonds. Et Buell le savait très bien."

Marion exhortait Ruth Benedict à garder l'argent et à le consacrer à la recherche anthropologique, comme le voulait son frère. "Au moins, le travail de Buell sera publié et peut-être que d'autres recherches pourront être entreprises grâce à son argent." Elle a annexé à sa lettre un document manuscrit dans lequel elle cédait à Ruth Benedict l'intégralité de son droit de bénéficiaire des investissements de son frère. "Mon père est tout à fait capable de monter un drame rocambolesque dans des situations où il y a quelque chose à gagner. S'il vous plaît, ne le laissez pas, ni lui ni personne, changer le cours de la loi."

Nous avons quitté Carolina un matin dans un 4 × 4. L'anthropologue était assis devant (il conduisait), à côté d'un Krahô métissé de noir et de sa femme blanche, tous les trois dans la cabine couverte, à l'abri du soleil et de la poussière. Derrière, dans la partie ouverte du véhicule, il y avait une dizaine d'Indiens, le fils de l'anthropologue et moi, plus des sacs à dos, des valises, des provisions, des sacs en plastique avec des morceaux de viande exposés au soleil et tout un fourbi. Je voyageais debout et en silence, les yeux fixés sur l'horizon, car à quelques kilomètres sur notre droite, d'après la carte pas très précise ni très détaillée que j'avais apportée, se trouvait la tombe de Buell Quain, oubliée au milieu du *sertão* et d'où le soleil, les vents et les pluies devaient avoir balayé depuis longtemps les tiges sèches des palmes de buriti.

Nous avons roulé cinq heures dans cette brousse, traversant rivières et sablières. A un certain moment, la piste de terre suit le Rio Vermelho qu'à la fin il faut traverser à pied, avec de l'eau au-dessus de la taille et les bagages sur la tête. Mais là nous étions déjà à cinq cents mètres du village Nova. Le village tout entier nous attendait sur la berge de la rivière. Les villageois avaient entendu le bruit du véhicule. Les Indiens ont l'ouïe fine. La "rivière rouge" (Rio Vermelho) est verte. Les Indiens avaient l'habitude d'en boire l'eau, d'y pêcher et de s'y baigner jusqu'au jour où ils ont commencé à tomber malades, les uns après les autres, et à mourir inexplicablement. Certains ont réussi à arriver jusqu'à la ville et sont morts à l'hôpital, à la grande perplexité des médecins qui ne comprenaient pas pourquoi. Ils ont décidé alors de cesser d'utiliser l'eau du Rio Vermelho et ils se sont baignés et ont bu dans un cours d'eau qui passait de l'autre côté du village, et ils ont pêché dans une lagune distante. Avec le temps, ils ont découvert la cause de la contamination du Rio Vermelho. Un hôpital construit en amont, à Recursolândia, déversait ses déchets dans la rivière. C'est ce que les gens m'ont raconté lorsque je suis arrivé, puis ils m'ont regardé en silence d'un air implorant comme si j'avais le pouvoir de remédier à la situation.

Avant de quitter Carolina, j'ai demandé à l'anthropologue où je serais logé et il m'a répondu que les Indiens en décideraient eux-mêmes lorsque nous arriverions dans le village. Avant même que nous ne traversions la rivière, un des Krahô qui voyageait sur la plate-forme de la camionnette s'est avancé et a déclaré que j'habiterai chez lui. Il s'appelait José Maria Teinõ et il avait un petit air de guérillero mexicain du XXe siècle avec sa moustache, sa peau basanée et ses cheveux ondulés jusqu'aux épaules. Un garçon frêle aux yeux vifs l'attendait. C'était son fils. Je n'ai jamais su le nom du garçonnet ni son âge (il devait avoir une dizaine d'années), bien que ce soit lui qui, d'une certaine façon, ait été le plus près de me dire quelque chose se rapprochant de la vérité. Quand je me suis rendu compte de ce qui se passait, il avait déjà pris mon sac à dos pesant et il traversait la rivière en le portant sur sa tête, de l'eau presque jusqu'au cou, puis il a remonté la berge jusqu'à la bicyclette qu'il avait laissée tout en haut de la rive opposée. Il obéissait aux ordres de son père, mon logeur, et cela en dépit de mes protestations en voyant la scène grotesque du garçonnet maigre et frêle qui transportait mon sac, et moi, un solide gaillard, sans rien dans les mains. Pour eux, c'était une façon de nous faire plaisir. Nous étions entourés d'une dizaine d'Indiens et d'Indiennes qui disaient des choses que je ne comprenais pas et qui riaient, mi-pudiques, mi-curieux. Cinq cents mètres séparent la berge opposée où passe la route du village formé par vingt maisons en torchis et à toit de chaume disposées autour d'un espace circulaire. Le dessin est solaire, avec des chemins en terre battue qui, tels des rayons, relient l'espace central aux maisons. Les Indiens ont planté eux-mêmes quelques arbres. Ils étaient là depuis à peine huit ans. Leur village précédent s'était désintégré quand un groupe avait décidé de déménager dans un nouveau village, et le reste, qui n'était pas d'accord sur le site choisi, s'était joint au village sur le Rio Vermelho que nous avions aperçu de loin en chemin. Le site précédent avait été abandonné car il était devenu stérile. Je ne sais pas quelle était la part de superstition dans tout cela. Les Indiens disaient que la terre ne valait plus rien. Ils parlaient du nombre des leurs qui y étaient enterrés. En m'apercevant, Antônia Jàtcaprec, la femme de José Maria, a fait la grimace. Ensuite, on m'a dit que cela n'avait rien de personnel. Elle avait l'air furieuse et de mauvaise humeur. C'était une femme très maigre, avec des joues creuses et des lèvres minces. Ma visite signifiait qu'il leur faudrait revoir la distribution des pièces de la maison de façon à en libérer une pour moi. Quand je suis entré, j'ai senti l'odeur pestilentielle du poisson séché suspendu à une ficelle au milieu de la salle. Elle imprégnait tout. Et au lieu de m'y habituer, dès le deuxième jour je ne la supportais déjà plus, même de loin.

Neuf personnes dormaient dans la maison. Comme le temps était sec – c'était leur été –, le couple dormait sur un lit de lattes installé sous un appentis latéral. Les enfants dormaient dans des hamacs dans la salle où étaient aussi suspendus les poissons séchés qui sentaient le pourri. Il y avait encore deux pièces. Les deux filles aînées avec leurs bébés dormaient dans l'une. Je n'ai pas bien compris où se trouvaient leurs maris, pour autant qu'elles en eussent un. J'ai accroché mon hamac dans l'autre pièce. Le sol était en terre battue. Les nuits étaient un festival de bruits intimes, ronflements, pets, pleurs d'enfants. Dans la salle, les enfants dans les hamacs se débattaient, en proie à des cauchemars. La dernière nuit, une autre fille du couple et leur gendre, en voyage lorsque je suis arrivé, ont rejoint leurs deux sœurs et leurs enfants en bas âge et tous se sont entassés dans la pièce à côté de la mienne. Et les gémissements de l'amour se sont ajoutés aux pleurs des enfants.

A la fin de l'après-midi où nous sommes arrivés, dès que j'ai fini de m'installer, je suis sorti pour retrouver l'anthropologue et son fils qui étaient logés dans une autre maison. Je les ai trouvés en short et en tongs (à Rome comme les Romains), le corps peint d'urucum, assis en face de la maison du chef spirituel, Afonso Cupõ, un type énorme, toujours souriant, l'air d'un brave homme qui, en général, n'ouvrait pas la bouche, mais qui, le lendemain, complètement ivre, m'a acculé dans un coin et m'a fait promettre de lui donner cinquante *reais* avant mon départ. Un jour plus tard, heureusement, il ne se souvenait plus de rien. Sa femme, Cajari, était couchée sur une natte dépliée sur le sol en terre battue. C'était comme si elle bavardait avec ses amis sur la plage. Et ses fils Leusipo Pempxà et Neno Mãhi, deux solides gaillards de vingt ans et quelques, écoutaient la conversation en silence et envoyaient des coups de pied à des chiens galeux et efflanqués qui s'approchaient parfois. Donner des coups de pied aux chiens est une des habitudes les plus notoires de la vie quotidienne au village, reproduites par tous depuis l'âge le plus tendre jusqu'à la vieillesse. Les Krahô sont la preuve vivante que le chien n'est pas le meilleur ami de l'homme, mais une des bêtes les plus sottes qui aient jamais peuplé la terre. Leurs maîtres ont beau les maltraiter, les utiliser pour la chasse, les chiens ne les quittent pas. Quand ils attrapent un coup de pied ou une pierre – ce qui est le cas chaque fois qu'ils s'approchent de plus d'un demi-mètre de quelqu'un –, ils s'éloignent en jappant, mais reviennent aussitôt pour mendier les restes du repas. Neno avait été renversé par un camion dans des circonstances quelque peu nébuleuses et il se servait d'une plaque de plastique en guise de corset orthopédique. La fille aînée du chef spirituel était internée dans l'hospice d'une ville voisine. Elle était devenue folle. La vue de l'anthropologue et de son fils peinturlurés des pieds à la tête m'a amusé. Cela m'a fait rire, mais pas pour longtemps. Je me suis arrêté dès que je me suis rendu compte que ma réaction les plongeait dans la perplexité. Au fond, ils étaient surpris de ma naïveté. Je leur faisais pitié. Ils n'ont rien dit. Ils ne voulaient pas m'effrayer. Ce n'était que le début. Le lendemain, ce serait mon tour.

A sept heures du soir, le garçon à la bicyclette est venu m'appeler pour dîner. Chaque invité mangeait dans la maison où il était logé, ce qui voulait dire, à mon grand désespoir, que je ne dînerai pas avec l'anthropologue et son fils. Le premier dîner au village (une assiette de riz recouvert du bouillon et de morceaux du poisson séché que j'avais vu suspendu dans la maison) fut un signe annonciateur. Pendant que nous étions assis, José Maria, sa femme, les deux filles avec les bébés qui étaient les petits-enfants du couple, le garçon à la bicyclette et moi, à l'arrière de la maison dans une espèce de potager autour d'un fourneau où était réchauffée cette sous-espèce séchée de poisson téléostéen de fond de lagune, Antônia m'a adressé la parole pour la première fois. Elle m'a tendu une assiette en métal émaillé remplie de riz et de poisson et elle m'a demandé si je ne trouvais pas le village laid. Elle était malheureuse de vivre là, elle préférait le village précédent et elle avait envie de voir São Paulo. J'entendais à peine, j'essayais de mastiquer la chair nauséabonde du poisson, en réalité un enchevêtrement d'arêtes et de nageoires que j'ai fini par avaler en déclarant que c'était délicieux et en implorant Dieu de ne pas vomir devant mes hôtes, ce qui aurait fait mauvais effet le premier jour. J'ai répondu que le village était joli. Quant à São Paulo, j'ai fait la sourde oreille et je lui ai demandé ce qu'elle voulait faire dans un endroit aussi vilain et violent. Et j'ai mangé autant que j'ai pu, ce qui n'était pas beaucoup et ce qui a aussitôt inquiété mes hôtes. Le chemin de croix de la nourriture commençait ainsi. J'ai réussi à avaler le poisson encore une fois seulement, au petit-déjeuner le lendemain, car le menu ne changeait pas d'un repas à l'autre. Préoccupé parce que je ne mangeais que du riz, José Maria est allé voir l'anthropologue qui lui a enjoint de me servir autre chose que du poisson séché, par exemple des légumes que, selon lui, j'adorais. Au dîner suivant, ils ont placé devant moi une assiette de patates douces. J'avoue que j'en ai été content et soulagé l'espace d'un instant. Je me suis mis à éplucher la première patate (il y en avait cinq dans mon assiette) et je l'ai mordue sous les regards anxieux de mes amphitryons. Ma bouche s'est remplie de terre. Je me suis rendu compte alors que les patates étaient fendues et qu'elles avaient été cuites telles qu'elles avaient été déterrées. Il y avait de la terre dans la masse ramollie du tubercule, comme un gâteau farci de chocolat. Je mâchais les patates et la terre et je disais : "Hum ! C'est délicieux !" mais il a suffi que mes hôtes me tournent le dos pour que je me mette à jeter dans les fourrés presque la totalité de ce qui se trouvait dans mon assiette à la grande joie des chiens, qui dans leur avidité hargneuse pour mes restes ont fini par me dénoncer. "Ce n'était pas bon ?" a demandé Antônia. "C'était excellent, mais je n'ai pas faim. Je n'ai pas l'habitude de beaucoup manger. Il faut que je maigrisse", ai-je répondu en lui tendant l'assiette avec les deux patates restantes et intactes, encore avec leur peau, que José Maria a dévorées en un clin d'œil.

J'avais emporté des barres de céréales en prévision de ce genre d'éventualité et je les avais cachées au fond de mon sac à dos. Dès que j'étais arrivé et que José Maria et son fils avec la bicyclette m'avaient entouré pour voir ce que j'avais apporté et ce que je sortais du sac à dos, je m'étais empressé de leur dire que lorsque je partirais, je leur laisserais en cadeau tout ce qu'il contenait. Je voulais éviter les situations embarrassantes. Mais j'avais caché les barres. Je n'en avais que dix. Aux premières heures de la nuit, je suis sorti du hamac à pas de loup, j'ai ouvert le sac à dos et j'en ai retiré une barre. Mille bruits traversaient la nuit, mais quand j'ai déchiré l'emballage, ce fut comme si le silence le plus absolu était descendu sur le village et qu'on n'entendait plus que moi, avec le craquement irritant du papier. J'ai mordu une première bouchée et ce fut comme si le bruit de ma mastication était un coup de tonnerre sans fin. J'ai enfourné la barre tout entière dans ma bouche et j'ai attendu qu'elle se dissolve. De temps en temps, je la mordillais. Le lendemain, en rejoignant mes hôtes pour le petit-déjeuner, ceux-ci m'ont demandé si j'avais bien dormi, si je n'avais pas trouvé le hamac inconfortable. Pendant qu'elle me servait le maudit poisson, Antônia a dit qu'elle s'était fait du souci, qu'elle avait pensé que j'avais froid quand je m'étais levé au milieu de la nuit, mais qu'elle avait été rassurée en constatant que je m'étais réveillé pour manger. Je n'avais plus le choix. Je suis rentré dans la maison, j'ai pris les neuf barres de céréales qui me restaient et je les ai apportées pour le petit-déjeuner. Ils les ont toutes dévorées en moins de cinq minutes, répétant "chocolat" tout en les croquant.

Entre dix heures du matin et deux heures de l'après-midi, il était impossible de rester dehors. Il n'y avait presque pas d'ombre. J'ai décidé de m'installer dans la salle, sous le fil à sécher le poisson, et de lire. Mais ma tranquillité n'a guère duré. Tout d'abord, c'est le plus jeune fils du chef spirituel qui est apparu, le garçon à la plaque en plastique que j'avais aperçu la veille, Neno Mãhi. Il était sans la plaque. Il était venu raconter son accident. Il a déclaré qu'il avait besoin d'un avocat pour faire un procès au chauffeur de camion. Il a raconté, comme si tout cela s'était passé la veille, qu'il avait été renversé et abandonné sur la route. Le camionneur s'était enfui, mais lui savait de qui il s'agissait. Je venais tout juste d'arriver dans le village. J'ai été choqué par cette histoire, je lui ai dit toute ma sympathie. Neno a déclaré qu'il ne pourrait plus jamais travailler. Il voulait être indemnisé. Plus tard, quand j'ai répété l'histoire à l'anthropologue et que celui-ci m'a dit que les choses ne s'étaient pas tout à fait passées ainsi, j'ai compris que, comme j'étais le nouveau venu, j'étais aussi l'idiot du village, la cible rêvée d'histoires auxquelles plus personne ne croyait. J'ai passé des heures à écouter cette rengaine, sans savoir exactement ce que l'Indien me voulait. Comme il ne partait pas, j'ai décidé à un certain moment de reprendre ma lecture et au bout de quelques minutes, devant mon silence et mon immobilité, il s'est levé et il est sorti. Le silence n'a duré que quelques minutes en réalité, car aussitôt son frère Leusipo Pempxà est apparu. Il est resté sur le seuil à contre-jour, comme une statue. Son visage rappelait celui, à la mine patibulaire, des Indiens sud-américains des aventures de Tintin. Le nez crochu, le front proéminent au-dessus d'yeux enfoncés, les joues creuses entre des cheveux noirs et raides qui lui tombaient jusqu'aux épaules. Il était difficile de comprendre ce que ces gens voulaient. Leusipo m'a demandé ce que j'étais venu faire dans le village. J'ai choisi de croire que son ton était amical et dans mon paternalisme naïf j'ai commencé à lui expliquer ce qu'était un roman. Cela ne l'intéressait pas. Il voulait savoir ce que j'étais venu faire. Les vieux étaient inquiets, ils voulaient savoir pourquoi je venais fouiller dans le passé et lui n'aimait pas que les vieux soient inquiets. J'ai essayé de le convaincre qu'il n'y avait aucune raison de s'inquiéter. Tout ce que je voulais savoir était déjà connu. Et il m'a demandé : "Alors, si c'est déjà connu, pourquoi voulez-vous savoir ?" J'ai tenté d'expliquer que j'avais l'intention d'écrire un livre et de nouveau ce qu'était un roman, ce qu'était un ouvrage de fiction (et je lui montrais celui que j'avais dans les mains), que ce serait une simple histoire, sans aucune conséquence pour la réalité. Il continuait à ne pas me croire. Il faisait celui qui ne comprenait pas, mais en fait il voulait seulement m'intimider. J'étais mi-agacé, mi-effrayé. J'avais envie d'envoyer l'Indien au diable, mais je ne pouvais pas me mettre le village à dos. S'il y avait quoi que ce soit à découvrir (et Leusipo en m'intimidant alimentait encore davantage cet espoir), il me fallait faire preuve de diplomatie. Il voulait coûte que coûte connaître la raison de ma présence dans le village. Comme lors de l'assemblée timbira à Carolina, il était impossible de déduire si, au fond, il savait quelque chose ou s'il ne savait rien et était aussi curieux que moi. Leusipo ne s'avouait pas vaincu. Il ne souriait pas, ne faisait pas un geste, n'avait pas la moindre expression de sympathie. Son regard était impassible et déterminé. Le but de sa visite était de me mettre au pied du mur. Il répétait: "Les vieux sont inquiets." Je pensais: cet imbécile doit avoir entendu quelque chose et il a décidé de me demander des explications. Mon topo sur le roman était inutile. J'essayais de dire que pour les Blancs qui ne croyaient pas à des dieux, la fiction faisait office de mythologie, elle était l'équivalent des mythes indiens, et avant même d'avoir fini ma phrase, je ne savais plus si l'idiot c'était lui ou moi. Il ne disait rien sauf: "Pourquoi voulez-vous remuer le passé?" Il le répétait. Et devant son insistance bovine, j'ai dû me rendre à l'évidence que j'étais incapable de répondre à sa question. Je ne parvenais pas à lui faire comprendre ce qu'était la fiction (au fond, cela ne l'intéressait pas) ni à le convaincre que mon intérêt pour le passé n'aurait aucune conséquence réelle et qu'en fin de compte tout serait inventé. J'ai été sauvé par la fille aînée de José Maria, qui devait avoir dix-huit ans environ et qui est arrivée avec une boule enduite d'urucum à la main pour me peindre. Dans d'autres circonstances, j'aurais résisté comme un cochon qu'on s'apprête à égorger. Mais la situation avait considérablement entamé ma résistance. Bien qu'à contrecœur, j'ai accepté d'enlever ma chemise. J'étais prêt à me soumettre à n'importe quoi, même à être peinturluré des pieds à la tête, pour me débarrasser de Leusipo. Et effectivement, à l'arrivée de la jeune fille qui l'a ignoré et lui a tourné le dos comme s'il n'était qu'un animal, mon inquisiteur s'est immédiatement levé du banc sur lequel il s'était assis à côté de moi (sans y avoir été invité) et il s'est éloigné, mécontent de l'interruption, sortant de la maison comme un chien expulsé lorsque José Maria est entré pour admirer la peinture que sa fille étalait sur mon corps avec ses mains huileuses et barbouillées de rouge. Ils s'amusèrent énormément de me voir devenu tout rouge. Tout ce que je touchais devenait rouge : le livre que je lisais, mon bermuda, mon sac à dos, mon chapeau. La touche de l'urucum. Mais ce n'était rien en comparaison avec la teinture de jénipape à laquelle je serais soumis le lendemain.

Par la suite, j'ai essayé d'éviter Leusipo et son frère. Je faisais en sorte de ne me retrouver seul ni avec l'un ni avec l'autre. Et quand je sortais de bon matin pour aller prendre un bain, je priai le ciel qu'ils n'apparaissent pas subitement. Ils ne m'ont plus jamais importuné. Dans leur majorité, les Indiens ne m'adressaient pas la parole. Ils m'ignoraient ou m'observaient à distance. Peut-être par méfiance ou tout bonnement parce que ma présence ne les intéressait pas. Quand ils s'approchaient, c'était soit pour mendier quelque chose, soit parce qu'ils étaient soûls. Seuls les enfants riaient de moi, ainsi que les femmes. Les enfants et les femmes étaient plus vifs. Elles se disaient des choses que je ne comprenais pas et s'amusaient. Elles m'appelaient le Blanc : "Cupen, cupen." Elles se moquaient de moi. J'ai découvert peu à peu qu'à l'exception de mon hôtesse, les femmes du village étaient bien plus spirituelles, de meilleure humeur et plus intelligentes que les hommes, qui les maintenaient à l'écart des décisions. Elles riaient et n'arrêtaient pas de se raconter des blagues pendant que les hommes les observaient en silence, sans comprendre ni trouver cela drôle, incapables de raconter une blague de leur propre cru, envieux de tant de vivacité. Je ne savais jamais quand ils étaient ivres ou non. En fait, presque tous avaient des liens de sang. J'ai découvert graduellement que le village appelé Nova étaient pratiquement constitué d'une seule famille, que presque tous étaient frères et sœurs, oncles et neveux, et que la parenté symbolique classificatoire ne servait en grande partie qu'à maquiller des relations, sinon incestueuses, du moins extrêmement proches. Je n'ai réussi à comprendre ni les liens de sang ni la parenté symbolique entre les membres de la tribu. C'était très compliqué et mes objectifs n'étaient pas anthropologiques. Quain lui-même avait eu du mal à comprendre ces relations. Moi, je n'y comprenais rien. Je ne savais pas quelle serait la prochaine démarche. Je voyais bien qu'on préparait des choses, mais je n'avais aucune idée de ce qu'elles seraient, ni du rôle qui m'était réservé dans ces cérémonies, ce qui ne faisait qu'augmenter mes attentes et mes craintes. L'anthropologue avait acheté un cochon pour la fête en l'honneur de son fils. Les Indiens préparaient un *paparuto*, une espèce de gâteau de manioc, farci de gras et de morceaux de porc. L'après-midi, j'observais le travail des femmes qui étendaient des feuilles de bananier sur un entrelacement de branches d'arbre posé par terre. Elles les recouvraient d'une pâte de manioc qu'elles fabriquaient depuis la veille et sur laquelle elles étaleraient la viande et le gras de porc, quand j'ai senti une présence, une ombre derrière mon dos, une légère vibration, une respiration dans mon cou. Quand je me suis retourné, la figure fantasmagorique du vieux Vicente Hintxuatyc, le patriarche du village et le frère classificatoire de João Canuto, avait le visage presque collé au mien, comme s'il me flairait, avec le même regard indéchiffrable et menaçant que celui par lequel Leusipo m'avait intimidé le matin. Cela m'a effrayé, mais grâce à une maîtrise intérieure et une présence d'esprit qui ne me sont pas habituelles, je n'ai pas réagi, sauf par un regard interrogateur. J'ai fixé le vieillard tout ridé, avec ses cheveux grisonnants aux mèches qui s'effilochaient, et je lui ai demandé ce qu'il voulait, comme s'il n'était même pas là. Il a continué à me dévisager en silence et il s'est éloigné sans mot dire. Vicente était un jeune homme au temps où Buell Quain vivait chez les Krahô, mais il ne l'avait pas connu. Il ne vivait pas au village à l'époque. Il avait passé beaucoup de temps au milieu des Blancs, il allait et venait et n'est retourné définitivement parmi les Krahô que dans sa vieillesse. Il se trouvait dans le village lors du massacre de 1940 et il en avait réchappé de justesse. D'une façon ou d'une autre, tous essayaient de m'intimider, ne fût-ce que pour s'amuser, ce qui ne faisait qu'accroître ma peur et le soupçon qu'ils me cachaient peut-être vraiment quelque chose.

Le *paparuto* a commencé à être rôti ce soir-là pendant que le fils de l'anthropologue était préparé en secret par les femmes. A la fin de l'après-midi, elles lui avaient coupé les cheveux à la mode krahô, avec deux raies parallèles de chaque côté de la tête et une petite frange sur le front. Elles lui ont enduit le corps de jénipape, lui ont badigeonné le torse, les jambes et les bras de résine et l'ont couvert ensuite de plumes grises et blanches. Pendant ce temps, les hommes creusaient un trou dans la terre, destiné à servir de four. Vers huit heures du soir, après avoir jeté des morceaux de viande et de gras de porc sur la pâte de manioc, les Indiens ont fermé le *paparuto* à l'aide de feuilles de bananier et les hommes l'ont transporté jusqu'au trou et l'ont recouvert de pierres brûlantes et de terre sous les yeux de la tribu tout entière, du fils de l'anthropologue déjà paré, de son père qui le photographiait et de moi-même. Pour la première fois, grâce à des données plus objectives, en voyant le jeune homme emplumé et peint en noir, j'ai compris que mon tour pourrait bien venir aussi. Déjà l'après-midi, les femmes avaient essayé de m'enduire de teinture de jénipape. J'avais refusé, prétextant que l'urucum était suffisant. Elles s'étaient contentées de rire et de se dire des choses que je n'avais pu comprendre. En dépit de mon appréhension croissante, la nuit fut une des plus belles que j'aie jamais connues. La pleine lune plongeait le village dans un bain de lumière argentée. On n'avait pas besoin de lampes ni de bougies. Au milieu de la place, un grand feu brûlait autour duquel les hommes ont bavardé jusqu'à tard dans la nuit, pendant qu'un vieux chanteur krahô, appelé d'un autre village spécialement pour la fête, entonnait des chansons et était accompagné par les femmes sous les regards nonchalants des maris, pères et frères assis par terre. Peu à peu, à mesure que la cérémonie se prolongeait dans la nuit, les Indiens se sont retirés dans leur maison jusqu'à ce qu'il ne reste plus que le chanteur au milieu du village. Je suis allé dormir vers onze heures du soir, sachant que le *paparuto* serait déterré avant le lever du soleil. Je me suis endormi bercé par le chant du vieux Krahô qui retournait périodiquement au centre du village pour entonner ses chansons. Ce rituel avait quelque chose de merveilleux et d'envoûtant. Vers trois heures du matin, en entendant de nouveau le vieux chanteur, je me suis levé pour aller voir. Et j'ai aperçu un des spectacles les plus extraordinaires de ma vie. Le vieillard chantait tout seul au milieu du village immobile et endormi. Au bout de quelques instants, une femme apparaissait à la porte d'une des maisons et s'avançait en silence, silhouette lointaine, sur un des chemins qui convergeaient vers la place centrale. La forme solitaire s'approchait lentement, enveloppée d'étoffes pour se protéger du froid. En arrivant sur la place centrale, elle se plantait devant le chanteur et se mettait à l'accompagner, comme s'ils formaient un duo. Quelques minutes plus tard, une autre femme surgissait à la porte d'une autre maison et s'engageait sur le sentier solitaire qui la menait au centre du village. Les femmes, les unes après les autres, de toutes les maisons, à des intervalles de quelques minutes, se dirigeaient vers le vieux chanteur et se formaient en une rangée devant lui pour l'accompagner, attirées par les chansons. Il les appelait une à une, jusqu'à ce que se constitue un chœur de femmes au milieu du village sous sa direction et sous la pleine lune. Au fur et à mesure qu'elles arrivaient et prenaient place dans la chorale, les voix enflaient et envahissaient les autres maisons. Tout à coup, un homme avec une voiture de bébé a émergé de l'une d'entre elles. Et par le même sentier qu'avait emprunté sa femme auparavant, il est venu jusqu'au centre du village, il s'est arrêté devant la mère qui avait déjà sorti un sein d'entre les étoffes et il lui a tendu l'enfant. Puis il est retourné chez lui avec la poussette vide. Les Krahô traitent les enfants avec une déférence très particulière. Et même quand ils les grondent, c'est comme s'ils le faisaient pour rire.

A cinq heures du matin, on a commencé à déterrer le *paparuto*. Je m'étais recouché dans le hamac et j'ai été réveillé par l'agitation dans la maison. Des adultes et des enfants sortaient de toutes les maisons et se dirigeaient vers le centre du village où le *paparuto* serait partagé. Chaque famille recevrait sa part et rentrerait chez elle pour la manger. Toujours au milieu de la place, pendant qu'on distribuait les tranches de *paparuto*, le vieux chanteur m'en a offert aimablement un morceau. Le gras de porc avait fondu pendant la nuit et avait imprégné la couche de manioc qui était à présent une masse graisseuse sur laquelle les morceaux de viande de porc étaient déposés. J'ai mordu dans le gâteau luisant où apparaissait de temps en temps une soie de porc, avec de la graisse qui coulait le long de mes doigts. J'ai dit : "Miam-miam !" et j'ai rendu la tranche. Le chanteur a ri et m'a demandé si je n'avais pas aimé. Il a insisté pour que j'en mange plus. J'ai mangé tout le morceau qui est tombé comme une pierre dans mon estomac vide. J'ai commencé à me sentir mal. Je n'avais presque rien mangé depuis mon arrivée au village et maintenant, ce morceau de graisse en guise de petit-déjeuner ! Chacun a pris sa part et est rentré chez lui. Le soleil s'est levé et a commencé à chauffer. Seuls les chiens galeux sont restés sur la place, à la recherche de quelques rogatons, léchant la graisse mélangée à de la terre sur les feuilles de bananier. Mes hôtes se sont réunis derrière leur maison pour se régaler avec le *paparuto*. Ils m'ont appelé, mais j'ai dit que je ne pouvais plus rien manger et je me suis étendu dans mon hamac. J'avais la nausée et il suffisait que je me mette debout pour que tout commence à tourner. Mon état était aggravé par la crainte qu'une fois la cérémonie pour le fils de l'anthropologue terminée, ce soit mon tour. Il m'a été impossible de résister quand les Indiens m'ont encerclé dans l'après-midi pour m'enduire de jénipape. La teinture de jénipape est un liquide transparent avec des petits morceaux du fruit et une fois appliquée sur la peau, elle finit par la colorer en noir. Plus le jénipape est mûr, plus le résultat de la peinture est sombre. Contrairement à l'urucum, le jénipape ne tache pas les vêtements. Ce qu'on ne m'a pas dit alors et que j'aurais pu deviner, c'est que si cela ne tache pas les vêtements, c'est parce que cela ne sort plus de la peau. Inutile de la frotter avec quoi que ce soit. Le jénipape reste dans la peau un mois durant. Comme la peinture est transparente, je n'avais aucune idée des dessins que les femmes me traçaient sur tout le corps. Quand elles ont terminé, elles m'ont tendu une baguette de bambou au cas où je voudrais me gratter ou chasser les moustiques en attendant que la teinture sèche. Surtout, je ne devais pas me toucher le corps avec les mains pendant les douze premières heures où la teinture était encore active, pour ne pas avoir les doigts noirs. En me réveillant le lendemain, j'étais tout couvert de dessins noirs. De larges traits géométriques en zigzag. Sans que je m'en rende compte, cet abandon au jénipape avait été comme un premier geste de respect et d'amitié à l'égard des Indiens. Il n'était pas encore huit heures du matin quand ils sont venus m'appeler. Ce n'est qu'en arrivant sur la place centrale que j'ai compris qu'il s'agissait d'une réunion pour décider de mon sort. Seuls les hommes étaient présents. Ils discutaient dans leur langue. J'essayais de rester à côté de l'anthropologue et de son fils pour qu'ils me traduisent ce qui se disait, mais soudain, sans que je comprenne, deux groupes se sont constitués, comme deux équipes de football, et l'anthropologue et son fils ont été séparés, chacun d'un côté de la place. Mon sort était décidé à mon insu. Je suis resté seul au milieu. J'ai compris alors que j'étais l'objet de la discussion. Il avait d'un côté la famille de l'été ou de l'étiage (Wakmêye) dont faisait partie l'anthropologue. De l'autre, la famille de l'hiver ou de la saison des pluies (Katamye) dont faisaient partie José Maria et le fils de l'anthropologue. Les deux groupes détenaient en alternance le pouvoir et l'administration du village, à la façon de deux partis politiques. Le vieux chanteur s'est approché de moi et a dit que je devais choisir à quel clan je préférais appartenir. Des deux côtés, les Indiens criaient des choses que je ne comprenais pas mais dont je supposais qu'elles signifiaient que si je ne choisissais pas leur équipe ils me tueraient, m'écorcheraient vif, m'arracheraient tous les poils, etc. Ils braillaient et riaient. José Maria criait que j'habitais chez lui et que je devais obligatoirement être de son côté. Je ne savais que faire. L'anthropologue criait aussi qu'il m'avait emmené dans ce village et que je devais être avec lui, ce pour quoi j'ai fini par opter lâchement. J'ai toujours préféré l'été, je n'aime pas la pluie, ai-je tenté d'expliquer à José Maria tandis que nous rentrions chez lui. Mais rien ne pouvait dissiper sa déception. "A partir de maintenant, je ne vous parlerai plus. Vous m'avez trahi. Vous avez choisi, maintenant débrouillez-vous", a-t-il répondu. J'essayais de me persuader que j'étais simplement l'objet d'une grande plaisanterie entre eux, mais cela ne m'aidait en rien. Au milieu de l'après-midi, les deux groupes sont partis dans la forêt chercher des troncs pour la course. Tout ce que je demandais, c'était de ne devoir participer à rien. La course de troncs est un des rituels les plus traditionnels chez les Krahô. Il s'agit d'une course de relais avec un tronc de palmier buriti, qui doit bien peser cinquante kilos, sur les épaules. J'avais de la peine à le soulever du sol. Les membres de chaque groupe transportent un tronc. Les Indiens arrivent en courant de l'extérieur du village, pieds nus au milieu de la forêt, un tronc sur les épaules. Le premier groupe à atteindre le centre de la place gagne la course. Ma crainte s'est encore accrue lorsque, après la course, dont j'avais seulement vu la compétition finale, dans le village, ayant décidé de me baigner dans la rivière, j'en ai été empêché par mes hôtes : "Non, vous ne pouvez pas ! Aujourd'hui, vous allez prendre un bain sur la place." Je suis allé chercher l'anthropologue à toute vitesse pour savoir exactement ce qui m'attendait. Mais il ne m'a pas répondu, il a dit que je verrais, que c'était une fête "drolatique". Je suis rentré chez moi terrorisé et cela n'a fait qu'empirer quand le garçon à la bicyclette, le fils de José Maria, s'est approché furtivement de moi pour me souffler : "Ils vous mentent." Il a dû interrompre ses révélations au beau milieu et il est parti à fond de pédales en s'apercevant que son père, rendu méfiant par cette scène de complicité entre son fils et moi, approchait. La phrase a continué à résonner dans ma tête. C'était ce qui se rapprochait le plus d'une certaine vérité depuis que j'étais arrivé. Je ne savais pas si elle concernait ce qui se préparait pour moi cette nuit-là ou ce qu'on me cachait du passé et de la mort de Quain. Dans les deux cas, c'était terrible. J'avais soudain un mal de crâne horrible. Ma tête bourdonnait comme si elle était prête à exploser. Il n'y avait aucun moyen de me retrouver seul avec le gamin pour qu'il m'explique le sens de cette phrase. J'étais fébrile, couché dans le hamac, quand José Maria est venu au début de la soirée m'inviter à me rendre au centre du village. J'y suis allé à contrecœur. J'étais pris de vertige et je me sentais terrorisé. Je ne savais pas ce qui m'attendait ni ce que ce fameux bain signifiait exactement. A tout hasard, j'ai enfilé un caleçon sous mon bermuda. Il faisait déjà passablement froid et je n'avais pas envie de rester dans des vêtements mouillés. J'ai trouvé les hommes rassemblés autour d'un grand feu sur la place centrale. J'avais l'impression que tous, sauf moi, savaient ce qui allait se passer. Le vieux Vicente m'a appelé et m'a fait asseoir à côté de lui. Il s'est mis spontanément à me parler de Quain, qu'en fait lui n'avait pas connu. Il n'a rien dit que je ne sache déjà. Mais au moins il n'avait plus l'air méfiant. Ce qu'il me disait ne m'intéressait plus. Je l'écoutais à peine, j'étais tremblant et faible, je ne sais si de faim ou de peur. L'anthropologue est enfin arrivé et moi, qui devais faire piètre figure, je l'ai supplié de me dire une bonne fois pour toutes ce qui allait se passer. "Ce matin, vous avez choisi. Maintenant vous allez être présenté à votre famille, aux femmes que vous ne pourrez pas baiser", a-t-il dit. Je ne voulais être présenté à personne. J'étais presque sur le point de m'évanouir quand les femmes sont apparues avec des bouteilles et des seaux pleins d'eau. Un cercle d'hommes s'est formé, qui dansaient en se tenant par la main autour du feu et qui chantaient, sous le commandement du vieux chanteur. J'essayais de m'abriter auprès de l'anthropologue. Soudain, le vieux chanteur m'a poussé vers la ronde des hommes. Je me suis défendu, j'ai allégué que j'avais la fièvre, que je ne pouvais pas prendre un bain avec ce froid. Il a ri, il a déclaré que le bain guérissait la fièvre. Je ne pouvais résister plus longtemps. J'ai juste demandé qu'on me laisse enlever mon bermuda, ma chemise et mes sandales. Il a suffi que je rentre dans la ronde en caleçon pour que les femmes s'approchent de l'extérieur avec leurs seaux et leurs bouteilles, enserrant le cercle d'hommes. Nous dansions autour du feu en nous tenant par la main. Les Indiens chantaient. Je m'attendais au pire. Soudain la ronde s'est arrêtée, les chants aussi. Plusieurs femmes avec des seaux et des bouteilles se sont approchées, elles ont choisi des hommes qu'elles ont emmenés au centre de la ronde, près du feu, où ils ont baissé la tête comme en une révérence et elles ont vidé les seaux et les bouteilles sur eux en riant à gorge déployée. J'ai compris à ce moment-là le rituel, sans en saisir toutefois la raison. Les femmes versaient de l'eau sur les hommes auxquels elles étaient liées par une relation de parenté symbolique, classificatoire, et avec qui elles ne pouvaient avoir de relations sexuelles. Le bain était une cérémonie d'explicitation et de délimitation de l'interdit de l'inceste. Le premier lot d'hommes baignés a réintégré la ronde, les femmes ont rejoint les autres à l'extérieur du cercle et nous avons repris la danse et les chants. Quand le moment de la deuxième parade est venu, une des femmes m'a entraîné près du feu, pendant que d'autres femmes entraînaient d'autres hommes ; et elle m'a versé un seau d'eau sur la tête. Ma fièvre est tombée, j'ai cessé d'avoir mal à la tête. Si tout se réduisait à cela, tant mieux. La proximité du feu atténuait le froid et aidait à sécher. J'ai pris encore deux bains, et la ronde s'est désintégrée. J'étais soulagé, j'ai pensé que tout était fini et je m'apprêtais déjà à rentrer à la maison quand le chanteur m'a de nouveau poussé vers le feu. Une nouvelle cérémonie était sur le point de commencer. Ma peur est revenue et avec elle l'idée qu'à un certain moment, quand je serais complètement distrait, quand je m'y attendrais le moins, tous sauteraient sur moi. Une nouvelle configuration s'était esquissée autour du feu. Les hommes s'étaient mis sur des rangs qui commençaient au centre, là où se trouvait le feu, et qui s'étendaient vers l'extérieur. Ils n'étaient plus face au feu, mais de profil. Ils avançaient en mouvements circulaires, mais maintenant un rang derrière l'autre, tantôt dans le sens des aiguilles d'une montre, tantôt dans le sens contraire. Ils formaient avec le feu un dessin solaire dans lequel ils étaient les rayons. Dirigés par le vieux chanteur, ils entonnaient des chansons et se tordaient de rire. Et moi, au milieu de tout cela, je demandais aux Indiens à côté de moi ce que signifiait ce rituel. "Vous ne le savez pas?" répondaient-ils et ils riaient de plus belle. On m'a expliqué plus tard que chaque chanson racontait l'histoire d'un animal et que toutes avaient de fortes connotations sexuelles. A chaque nouvelle chanson la ronde autour du feu changeait de sens. Rien ne m'est arrivé cette nuit-là, mais prévoyant l'imminence du baptême qu'on me préparait (car enfin, pourquoi m'aurait-on présenté aux femmes de ma "famille" si ce n'était pour me donner un nom aussitôt après?), je suis allé voir l'anthropologue et je lui ai dit clairement que je n'étais pas disposé à me laisser couvrir de plumes ni à avoir les cheveux coupés à la mode krahô et que je me défendrais jusqu'au bout. Il a été surpris de ma réaction et de mon manque d'esprit sportif. Ce n'est qu'en voyant ce qui lui arriverait le lendemain que je me suis rendu compte qu'il s'était peut-être sacrifié à ma place.

La troisième nuit fut un enfer. Il faisait un froid de loup et je n'arrivais pas à trouver une position confortable dans le hamac. Dès que je bougeais, je me découvrais. Quand il a commencé à faire jour, j'ai entendu un groupe d'hommes qui chantaient. Ils approchaient de la maison. Mon sang s'est glacé. Ils s'approchaient et s'éloignaient, puis s'approchaient de nouveau. J'étais sûr qu'ils en avaient après moi. Ils venaient me prendre. J'ai fait le mort. J'ai laissé tout le monde se lever et je n'ai pas bougé du hamac, j'ai feint de dormir. Quand je me suis enfin résolu à me lever, la cérémonie était déjà bien avancée. Ils avaient pris l'anthropologue. Il était couvert de plumes. Les Indiens le portaient sur les épaules jusqu'au ruisseau pour un baptême matinal. Il était étrange qu'ils le baptisent, puisqu'il l'avait déjà été des années auparavant. J'ai mis du temps à comprendre qu'il avait probablement pris la place qui m'était réservée, simplement pour ne pas les décevoir. Craignant ma réaction, il les avait convaincus de ne pas me baptiser. Quand ils l'ont ramené du ruisseau, il a été entouré d'hommes et de femmes au centre du village. Les Indiennes se sont mises alors à se gausser de ma lâcheté. La plus taquine, Gersila Kryjkwyi, n'acceptait pas que je me sois dégonflé. Je répondais que je ne me sentais pas assez à l'aise pour être baptisé, je n'étais dans le village que depuis trois jours, mais j'ai juré que la prochaine fois je les laisserais faire à leur guise. Gersila criait qu'elle savait très bien qu'il n'y aurait pas de prochaine fois, que j'étais une poule mouillée. Creuza Prumkwyi a déclaré qu'elle attendrait, car la prochaine fois que je mettrais les pieds dans le village, elle me baptiserait selon les règles, elle m'arracherait tous les cils, en plus des sourcils, ça allait saigner. Toutes se tordaient de rire. Sans fausse modestie, je crois qu'elles ne se sont jamais autant amusées aux dépens d'un Blanc. Avant notre départ, la femme du vieux Vicente, la matriarche du village, Francelina Wrãmkwyi, la mère de toutes les femmes, bossue, fragile et forte à la fois, courbée en avant, à qui il ne restait plus qu'à attendre la mort et qui m'a rappelé ma grand-mère âgée de cent sept ans, s'est approchée pour dire qu'au début elle était méfiante, mais qu'elle avait fini par éprouver de la sympathie pour moi, elle savait que je n'oublierais pas les Indiens. S'il m'a été difficile, malgré la terreur que j'éprouvais, de ne pas les prendre en affection au bout de seulement trois jours, qu'a dû ressentir Quain au long de presque cinq mois de séjour, tout seul parmi les Krahô. Sur le chemin du retour, dans la cabine de la camionnette, l'anthropologue s'est efforcé de dissiper ma méfiance quand je lui ai parlé du garçon à la bicyclette et de ce qu'il m'avait dit furtivement le deuxième soir, avant d'être surpris en flagrant délit par son père. L'anthropologue m'a assuré que s'il y avait eu quelque chose de secret à propos de l'ethnologue américain, les Indiens le lui auraient révélé, mais il ne pouvait deviner les proportions que ce secret avait prises dans mon imagination. Moi-même, en fait, j'avais peine à l'imaginer.

Dans les lettres écrites à Margaret Mead au début de juillet qui furent trouvées parmi les choses que les Indiens avaient rapportées à Carolina après sa mort, Quain se plaint de la difficulté de travailler avec les Krahô : "Ici, il est très difficile de former les indigènes. La seule façon de m'imposer à eux, c'est de me mettre en colère, alors, pendant vingt-quatre heures, les deux cent dix Krahô sont à mes pieds, essayant maladroitement de me donner satisfaction. Ils ne connaissent pas le principe de faire un effort pour obtenir ou recevoir quelque chose, car habituellement ils obtiennent beaucoup plus en boudant. Depuis un mois je travaille sur la langue avec un jeune (sûrement fou, car il semble prendre plaisir à travailler avec moi). Il m'a annoncé aujourd'hui qu'il ne peut plus travailler, car il en a assez d'être ridiculisé par le reste du village. Même les enfants ne le respectent pas." Le vieux Diniz ne savait pas qui était cet informateur. Il se souvenait du petit Zacarias qui chantait pour Quain, mais pas de cet homme qui avait été méprisé par le village quand il avait commencé à travailler pour l'ethnologue.

De même que les Indiens vous adoptent quand ils vous reçoivent dans un village, de même ils s'attendent à ce que vous aussi, vous les adoptiez quand ils vont en ville.

C'est une relation apparemment réciproque, mais au fond étrange et très souvent déplaisante. Ce n'est pas une relation d'égal à égal, mais d'adoption mutuelle, ce qui fait toute la différence : au village, vous êtes leur enfant ; en ville, ils sont votre enfant. Je n'ai jamais vu personne traiter les enfants avec autant de tendresse et de liberté. De retour à São Paulo, après mon passage par le village, j'ai commencé à recevoir des coups de téléphone en PCV. Les Indiens me téléphonaient chaque fois qu'ils passaient par Carolina. Ils quémandaient des choses. En général, de l'argent. Sans aucune cérémonie. Comme s'ils étaient désormais mes enfants. Leurs demandes étaient sans fin. Maintenant, j'étais leur débiteur éternel. D'enfant, j'étais devenu un père qui a manqué à tous ses devoirs et qui a enfin la possibilité de réparer les erreurs passées et son absence. C'est une relation difficile à comprendre. Ils sont les orphelins de la civilisation. Ils sont abandonnés. Ils ont besoin d'alliances dans le monde des Blancs, un monde qu'ils essaient de comprendre avec beaucoup de difficultés et généralement en vain. L'ennui, c'est que la relation d'adoption mutuelle est déséquilibrée d'entrée de jeu, car la fréquence avec laquelle les Krahô vont vers les Blancs dépasse de beaucoup celle avec laquelle les Blancs vont vers les Krahô. Car le monde appartient aux Blancs. Les Indiens souffrent d'une carence irrémédiable. Ils ne veulent pas être oubliés. Ils s'accrochent comme ils le peuvent à tous ceux qui passent par le village comme si les visiteurs étaient leurs parents disparus depuis longtemps. Ils veulent que vous fassiez partie de leur famille. Ils ont besoin que vous soyez le père, la mère, le frère. Dans une de ses lettres à dona Heloísa après la mort de son fils, Fannie Quain disait que les Krahô le traitaient de "grand frère" – ce qui est démenti dans d'autres documents – et qu'ils demandaient aux autorités de leur envoyer de toute urgence un remplaçant qui soit à la hauteur, quelqu'un avec une âme aussi belle que la sienne. Cette relation paternaliste est des plus malcommode et agaçante, et Quain lui-même en a souffert. Elle ne pèse pas à certaines personnes. Ce ne fut pas mon cas. Je ne suis pas anthropologue et je n'ai pas une belle âme. J'en ai eu plein le dos. A partir d'un certain moment, j'ai décidé que je ne répondrais plus aux messages qu'on me laissait, me demandant de rappeler sans faute le lendemain soir. Le sentiment de culpabilité résultant de cette décision m'a lui aussi agacé, mais moins que l'idée qu'on puisse venir frapper à ma porte d'un instant à l'autre. Avant que je ne quitte le village, devant mon refus d'être baptisé, Gersila s'est approchée de moi, mi-blessée mi-ironique, et elle m'a lancé à la figure que j'étais comme tous les Blancs, que je les abandonnerais, que je ne reviendrais plus jamais au village, que je ne penserais plus jamais à eux. J'ai juré que ce n'était pas vrai. J'avais peur de ce qu'ils pourraient me faire (rien, sinon me couvrir de plumes et me donner un nom et une famille dont je ne pourrais plus jamais me dépêtrer). Ma peur était visible. J'ai fait piètre figure. Et ils ont ri de ma lâcheté. J'ai juré que je ne les oublierais pas. Et je les ai abandonnés, comme tous les Blancs.

D'après le récit du vieux Diniz, corroboré par la lettre écrite par Buell Quain à Ruth Benedict le 15 septembre 1938, le jeune ethnologue lui non plus ne voulait pas participer à ce genre de relation ni s'y impliquer (“Je n'aime pas l'idée de devenir un indigène. Les concessions que je faisais dans ce sens à Fidji, ici sont non seulement acceptées, mais attendues”), il ne voulait pas d'une autre famille. Il en avait déjà une. Il n'avait, semble-t-il, que trop de motifs pour éviter les liens de parenté. A en juger d'après certaines de ses dernières lettres, ceux-ci furent la raison de sa mort.

Un instant après l'entretien avec le vieux Diniz, j'ai eu soudain des doutes quant à la façon péremptoire dont les Indiens déclaraient que l'Américain n'avait souffert d'aucune maladie. Comment pouvaient-ils le savoir ? Tant ceux qui à l'époque avaient fait le récit de sa mort à Manoel Perna que maintenant le vieux Diniz qui en ce temps-là était juste un enfant, tous avaient repoussé avec véhémence tout soupçon à propos d'une éventuelle maladie contagieuse, comme si alors ils eussent été directement impliqués dans la mort de l'ethnologue. Dans ses notes sur les Krahô, Quain fait état de "maladies importées" : "L'état de santé dans le village nécessite une attention urgente de la part du gouvernement. Outre les grippes communes, les maladies graves sont la tuberculose, la lèpre et probablement la syphilis. Mon incertitude quant à la syphilis est due à l'absence de manifestations avancées de la maladie, telles que dans la maladie de Parkinson, l'ataxie ou la parésie. La majorité de symptômes que j'ai observés peut être causée par la tuberculose." Dans son obsession, il n'est pas impossible qu'il se soit vu lui-même partout.

12. *Vous voulez savoir ce que le Dr Buell a fait dans le village. Probablement rien. Et s'il y avait eu quelque chose, ce n'est pas aux Indiens que vous arracheriez une réponse. Moi non plus, je ne sais rien. Mais je peux imaginer et vous aussi pouvez le faire, comme j'ai imaginé chaque fois qu'il me racontait ses histoires à cause de l'intensité de sa solitude, que la nuit du suicide il s'enfuyait.*

Quand il est revenu à Carolina, plus de deux mois après être parti avec les Indiens et plus de deux mois avant de se tuer, il était dans un état lamentable. Il préférait se cacher. Il disait qu'il ne pouvait faire confiance à personne. Mais il ne pouvait pas se méfier de moi et voilà bien pourquoi il a recherché ma compagnie. Il devait se souvenir de la première nuit où il était venu chez moi, dès qu'il était arrivé en ville, lorsqu'il m'avait parlé des Trumaï. Il est arrivé sale et sans souliers. Il avait honte, il était intimidé par les Blancs qu'il avait méprisés précédemment et auxquels il n'osait plus s'adresser en portugais, de peur de ne pas réussir à s'exprimer. J'étais le seul à l'écouter. Si bien qu'il est venu chez moi. Avec les autres, il préférait se taire. Quand il recherchait ma compagnie, c'était pour parler. Parfois, quand il buvait, il battait la campagne. Il pensait qu'on le persécutait, qu'on le débusquerait où qu'il se trouve. Il ne voyait pas d'issue. J'avais beau lui poser la question, il ne me disait pas qui était ce on. *Il m'a raconté qu'il avait vécu sous surveillance à Rio de Janeiro. Il voulait dire qu'il était surveillé où qu'il aille. On était au courant de tout ce qu'il faisait, il avait beau le cacher, beau agir en catimini, beau ne rien raconter à personne. Alors il se taisait, buvait une autre gorgée et reprenait soudain le fil de son discours. Il pensait qu'il y avait un réseau d'information au Brésil. Ce n'était pas seulement la police à Rio ou les inspecteurs du SPI dans la forêt qui l'effrayaient. Il disait que depuis qu'il avait foulé le sol du Brésil, tous ses mouvements étaient observés. Je n'ai jamais vu quelqu'un d'aussi seul. Pendant son séjour à Carolina, il venait chez moi en fin d'après-midi et nous conversions jusqu'à tard dans la nuit. Très souvent, je ne comprenais pas ce qu'il disait mais je percevais quand même ce qu'il voulait dire. Je l'imaginais. Il avait simplement besoin de parler à quelqu'un. Une des fois où il m'a parlé de ses voyages dans le monde, je lui ai demandé où il voulait en venir et il m'a dit qu'il était à la recherche d'un point de vue. Je lui ai demandé : "Pour regarder quoi ?" Il a répondu : "Un point de vue où je ne serais plus dans le champ visuel." J'aurais pu lui dire, mais je n'en ai pas eu le courage, qu'il n'avait pas besoin de chercher, que si c'était là son objectif, il n'avait pas besoin d'aller si loin. Car il ne serait jamais dans son propre champ visuel, où qu'il se trouve, personne n'est jamais dans son propre champ visuel, à condition d'éviter les miroirs. J'avais parfois l'impression que, bien qu'il ait vu beaucoup de choses, il ne voyait pas ce qui était évident, et pour cette raison il pensait que les autres ne le voyaient pas lui non plus et qu'il pouvait se cacher. Je n'ai jamais parlé de ce que j'ai vu. Je vous ai attendu. Ce que j'ai entendu dire, je ne sais plus si ce sont des faits réels ou le fruit d'imaginations conjuguées, la mienne et la sienne, à commencer par les visions dont il me parlait. Il craignait aussi que la mort ne soit, au contraire, la découverte de ce qu'il n'avait pas réussi à voir jusqu'alors, bien qu'il n'ait ménagé aucun effort, et que cette découverte soit encore pire que tout ce qui pourrait le mener à la mort. Ce qui est certain, c'est qu'il s'enfuyait lorsqu'il a quitté le village pour la dernière fois. Je vous ai déjà dit cela, mais je le répète, car je souhaite que cela se grave dans votre esprit. Il y aura place tout au plus pour une seule cause et une seule image dans votre tête. Vous devrez apprendre à vous souvenir de lui comme d'un homme en dehors de son champ visuel, si vous voulez le voir comme je l'ai vu. Il m'a fallu du temps aussi pour comprendre ce qu'il voulait dire par là, ce qu'il y avait de plus terrible dans ses paroles : que, contrairement au commun des mortels, il vivait en dehors de lui-même. Il se voyait comme un étranger et en voyageant il cherchait seulement à rentrer en lui-même, d'où il ne serait plus condamné à se voir. Sa fuite fut le résultat de son échec. D'une certaine façon, il s'est tué pour échapper à son champ visuel, pour cesser de se voir.*

13. Le dernier départ de Buell Quain du village fait penser à une fuite. Sa marche à travers la forêt, accompagné par deux jeunes gens qu'il avait engagés pour le guider jusqu'à Carolina, ressemble à une lutte contre le temps ou contre quelque chose qui le talonnait. S'il était réellement fou, et en dépit du cliché psychologique, c'était alors une fuite de lui-même, du double qui le tuerait dans l'éventualité d'une nouvelle crise qui approchait. Il a dû sentir l'imminence d'une nouvelle crise et il a décidé de partir avant qu'il ne soit trop tard. Dans la solitude, il vivait en

compagnie de ses fantômes, il se voyait comme un autre dont il essayait de se délivrer. Il traînait quelqu'un dans son sillage. Il portait un fardeau: Cãmtwyon. "Toute mort est un assassinat, avait-il écrit à Ruth Benedict à propos des Trumaï. Il n'est pas rare qu'il se produise des attaques imaginaires. Terrorisés, les hommes se rassemblent au centre du village – l'endroit le plus exposé de tous – et ils attendent d'être visés par des flèches qui viendront de la forêt obscure." Cependant, si l'on accepte l'explication de la maladie d'un point de vue extérieur et plus objectif, ce fardeau était son propre corps lépreux ou syphilitique. Il ne pouvait simplement plus supporter la souffrance de son propre corps crucifié par la maladie. Dans une lettre du 2 septembre 1939, à la recherche d'une explication au suicide de son fils, Fannie Quain écrit à dona Heloísa: "Je pense qu'il était malade quand il est retourné en juin au village, car il a dit qu'il essaierait de 'tenir jusqu'en décembre'. Le plus douloureux dans tout cela, c'est qu'il était arrivé à presque quarante milles de l'avion qui l'aurait mené à Rio de Janeiro où les ressources de la médecine auraient pu le sauver. Je crois qu'il a essayé de s'en rapprocher pendant quatre jours, tant il souhaitait rentrer chez lui sous la forte chaleur, mais il a fini par perdre le combat – et j'en ai le cœur brisé."

Il y a des moments où, probablement à cause de l'inutilité de mon obsession de comprendre ce qui le poussait pendant les dernières heures et, ce faisant, d'essayer de pénétrer aussi dans sa folie, j'en suis venu à me dire qu'il fuyait peut-être non seulement un fantôme personnel, mais aussi quelque chose d'objectif et de concret, une personne en chair et en os. Quand nous nous sommes rencontrés, j'ai demandé à l'anthropologue qui avait écrit l'article dans le journal si elle avait envisagé la possibilité qu'il ait été assassiné. Elle a été catégorique. Elle m'a dit qu'il était impossible qu'il ne se soit pas tué. Tout contredisait l'hypothèse d'un homicide, à commencer par les lettres qu'il avait laissées. Et je le savais. Si bien que je n'ai pas insisté. Quain avait peut-être ses raisons pour ne pas laisser paraître que sa vie était en danger. Ce que j'essayais de dire n'avait guère de sens, c'était contaminé par sa folie. Ce que j'essayais de dire, c'était qu'il avait peut-être été contraint au suicide, il s'était peut-être tué dans un instant de panique, en comprenant qu'il ne réussirait pas à échapper non seulement à la culpabilité, mais aussi à une menace réelle, avant d'être assassiné. Il ne voulait peut-être pas que ces raisons se sachent. "Les Indiens sont à l'abri et j'en suis fort heureux." Il avait peut-être préféré se tuer. Tout dépendait de ce qu'il avait fait dans le village. Pour moi, la réponse ne pouvait se trouver que dans une des lettres qu'il avait écrites avant de mourir, lesquelles avaient disparu avec leurs destinataires. Malgré tout, il me semblait peu probable que si une explication figurait dans une des lettres écrites par l'ethnologue à son père, à son beau-frère ou au missionnaire, elle n'ait pas fini par devenir du domaine public. C'est alors que j'ai commencé à jouer avec l'hypothèse qu'il devait y avoir (ou avoir eu) une huitième lettre.

Chacun lit les poèmes comme il peut et y comprend ce qu'il veut, il applique le sens des vers à l'expérience accumulée jusqu'au moment où il les lit. Une fin de semaine sur la plage, pendant une nuit d'insomnie, plusieurs semaines après avoir commencé à enquêter sur la mort de Quain et le mystère qui, à mon avis, était resté enseveli pendant soixante-deux ans, j'ai ouvert au hasard une anthologie de Drummond à la page de l'"Élégie 1938". "Tu travailles sans joie pour un monde caduc / où les formes et les actions ne renferment aucun exemple / Tu pratiques laborieusement des gestes universels / Tu sens la chaleur et le froid, le manque d'argent, la faim et le désir sexuel / [...] Cœur orgueilleux, tu as hâte d'avouer ta défaite / et de différer à un autre siècle le bonheur collectif / Tu acceptes la pluie, la guerre, le chômage et le partage injuste / parce que tu ne peux pas dynamiter seul l'île de Manhattan."

14. *Ceci est pour quand vous viendrez. Il est revenu à Carolina pieds nus. Il voulait fêter son anniversaire en ville. Cette nuit-là, il m'a parlé d'une autre île. Il m'a dit que je ne pouvais l'imaginer. Déjà avant je n'avais pas imaginé, lorsqu'il m'avait parlé de l'île où il avait passé dix mois au milieu des habitants du Pacifique, il y avait quatre ans déjà, de l'autre côté de la terre. Maintenant, il ne parlait pas de la même île. De l'île où il s'était endormi sous les étoiles, bercé par les histoires qu'un indigène lui racontait du crépuscule à l'aube, pendant des semaines et des semaines sans interruption. Je me souviens de l'avoir vu rire de sa propre histoire pour la première fois quand il est arrivé à Carolina, quand il m'a parlé de l'île dans le Pacifique, dès la première nuit où nous avons bu ensemble il y avait plus de deux mois, parlant des coups de coude que lui donnait vainement l'indigène pour le garder éveillé. Je me suis senti gêné quand soudain il a cessé de rire pour prendre un air grave et continuer son récit, disant que l'indigène, devant l'inutilité de ses tentatives pour le garder réveillé, finissait par se coucher lui aussi à ses côtés. J'ai été gêné qu'il puisse penser que j'étais fatigué de ses histoires et que, à son insu, il insinue quelque chose en me racontant celle-là. Quand l'ethnologue se réveillait dans son île du Pacifique, le soleil était déjà haut dans le ciel et le conteur d'histoires était parti. Quand il est revenu à Carolina fin mai, il m'a montré avec fierté une photo et un dessin de sa propre main, des portraits des Nègres énormes et vigoureux, pour que je me fasse une idée de ce qu'il me racontait. Je n'aurais jamais imaginé que le village n'était pas sur la plage mais sur une colline, jusqu'à ce qu'il me parle de la Forêt*

intérieure, gouvernée par un chef qui portait une dent de baleine sur la poitrine, symbole de pouvoir. Sur l'île, les chefs étaient sacrés, de même que tout ce qu'ils touchaient et tous ceux qui les touchaient. Les villages sur la côte avaient été acculturés par les envahisseurs venus d'autres îles qui, à leur tour, avaient été influencés par les Européens. Seuls les indigènes de l'intérieur conservaient intact ce qu'il cherchait : une société où, malgré la rigidité des lois, les individus décidaient eux-mêmes de leur rôle à l'intérieur d'une structure fixe et d'un répertoire prédéterminé. Il y avait un éventail de choix, bien que restreint, et une mobilité interne. C'est ce qu'il m'a dit. Il a toujours été fasciné par les îles. Ce sont des univers isolés. Il avait à peine quinze ans quand il a décroché son premier emploi et est allé travailler pendant les vacances en 1928 comme "contrôleur du temps et des heures" – c'est dans ces termes maladroits qu'à l'aide de gestes, il a tenté de m'expliquer la nature de sa tâche sur un chantier de chemin de fer dans une région inexplorée au cœur du Canada, avec la poésie involontaire de ceux qui ne connaissent pas la langue dans laquelle ils essaient de s'exprimer. Il profitait de ses jours de congé pour explorer les îles de la région, griffonnant des cartes qu'il envoyait chez lui en guise de lettres et qui indiquaient sa position sur la planète. Il avançait parmi des rochers et des forêts de sapins, passant des heures d'affilée à défricher des régions désertiques dans son imagination de pionnier solitaire, à s'enfoncer dans la nature, jusqu'à ce qu'il ne lui reste plus d'autres frontières pour sa liberté que les limites de son propre corps, jusqu'à ce que rien en dehors de son corps n'empêche la fusion avec le paysage dans lequel il s'était déjà dissous en esprit. Il arpentait seul ces territoires dans l'été arctique infesté de moustiques et dont les cartes étaient un mélange inextricable d'empirisme et d'imaginaire. De même que ce que je tente de vous exposer à présent et vous voudrez bien excuser la pauvreté des images d'un humble habitant du sertão *qui ne connaît pas le monde et qui n'a jamais vu de neige et qui ne peut désormais plus dissocier sa propre imagination de ce qu'il a entendu. Mais ce ne fut d'aucune de ces îles dont il m'a parlé lorsqu'il est venu à Carolina pieds nus et humilié à la fin de mai, mais d'une autre, à laquelle on arrivait en bac, après deux heures de train, quand on venait de la ville. Une île qu'il avait connue adulte. Il parla d'une maison avec plusieurs chambres, toutes occupées par des amis. Il ne s'exprimait plus ni avec tristesse ni avec joie. Et je ne saurais dire quels sentiments il gardait de ce souvenir. Il raconta qu'un soir où il revenait d'une promenade solitaire sur la plage où il avait laissé ses amis, il trouva la maison particulièrement vide et un homme assis dans la cuisine. Et qu'avant qu'il ne puisse se présenter, l'étranger émergea de l'ombre, sortit un appareil photo et fixa pour toujours la stupéfaction et l'embarras de l'ethnologue qui rentrait d'une promenade sur la plage et qui avait été surpris par l'inconnu. Une des nuits où il est venu chez moi lors de son passage à Carolina à la fin de mai, le Dr Buell m'a avoué qu'il était venu au Brésil avec la mission de nier l'image que cette photo révélait. Comme un défi et un pari qu'il avait faits avec lui-même. Il avait été trahi par l'intrus et son appareil. Il ne pouvait admettre que cette expression de stupéfaction devant l'inconnu soit son image la plus véridique. Il avait été pris au dépourvu par le photographe avant même de pouvoir dire quoi que ce soit. Et bien qu'ensuite ils soient devenus amis, pendant longtemps l'étranger ne réussit pas à prendre une autre photo de lui. Jusqu'au jour où il fit irruption sans prévenir dans son appartement, décidé à le photographier coûte que coûte après avoir appris qu'il partait au Brésil. Il voulait un souvenir de son ami avant qu'il ne s'embarque pour les forêts de l'Amérique du Sud. Je sais seulement que cet étranger, c'est vous.*

15. En octobre 1939, à soixante-cinq ans, Fannie Quain a envoyé trois photos de son fils à Heloísa Alberto Torres.

La plus grande avait été prise dans un studio à Minneapolis, en 1935, avant son départ pour Fidji. Les deux autres photos, une de profil et l'autre de face, furent prises en 1937, quand Buell Quain travaillait dans son appartement à New York, probablement aux dernières révisions de ses deux livres sur Fidji qui seraient publiés après sa mort, grâce aux efforts de sa mère et de Ruth Benedict. "Un ami, un artiste de New York qui avait ce genre de chose pour hobby, avait fait promettre à Buell de le laisser le photographier un jour. L'ami se lassa d'attendre et alla chez Buell sans lui laisser la possibilité de se raser ou de se changer", a expliqué la mère, toujours si soucieuse de l'image de son fils. C'était ces photos que l'ethnologue avait apportées au Brésil et qu'il y avait laissées en souvenir entre les mains de ceux qui l'avaient connu.

En décembre 1939, à l'occasion du premier Noël après la mort de Quain, Heloísa Alberto Torres répond à la mère de l'ethnologue pour la remercier des photos : "La plus grande m'a d'abord causé une certaine surprise, je ne savais pas qu'il avait de si beaux cheveux car il les avait coupés très court pour venir au Brésil. Mais l'expression, bien que triste, est parfaite, c'est celle qu'il avait lorsqu'il réfléchissait." C'était comme si un dialogue où chacune se leurrait elle-même était tacitement et mutuellement encouragé par les deux femmes. J'avais l'impression que chacune savait et feignait de ne pas savoir. Cependant, dans la même lettre où elle remercie pour les photos, peut-être pour apaiser l'anxiété de la mère, dona Heloísa dit des choses qui, pour le moins, contredisent une lettre très étrange qu'elle avait envoyée à Quain quelques mois seulement avant son suicide.

Dona Heloísa écrit à la mère de l'ethnologue : "Il semblait de si bonne humeur et si heureux lorsqu'il a quitté Rio", et elle finit en disant que ses collègues de Columbia n'auraient jamais pu imaginer un tel dénouement.

Plusieurs autres éléments démentent cette affirmation. Par exemple, dans une lettre du 12 mars 1939, Ruth Landes écrit à Ruth Benedict: "Buell est parti dans le Nord il y a près d'une semaine. Il semblait en bonne santé, mais vers la fin il a commencé à se montrer très nerveux." Lorsque cinq mois plus tard Quain se tue, Ruth Benedict, préoccupée par l'effet que la nouvelle pourra avoir sur Charles Wagley, isolé chez les Tapirapé dans le Mato Grosso, demande à son "cher ami" Carl Withers de lui envoyer une lettre d'encouragement. Withers répond à Ruth Benedict: "J'ai été très touché par votre souci d'empêcher Chuck de recevoir un choc trop fort en apprenant la mort du pauvre Buell. Entre nous, à en juger d'après les lettres qu'il m'a envoyées de Rio, je ne crois pas que cela l'ait surpris outre mesure."

Mais le plus troublant et le plus contradictoire concernant l'image sereine que dona Heloísa veut transmettre à la mère de Quain sur les derniers jours de son fils à Rio de Janeiro, ne serait-ce que pour la rasséréner, figure dans une lettre énigmatique qu'elle-même a écrite en anglais à l'ethnologue le 7 mai 1939 pendant son séjour parmi les Krahô, sous prétexte de lui proposer un futur poste de professeur au Musée national:

"Je me demande ce qui vous a poussé à déchirer la dernière partie de votre lettre. Avant qu'il ne se présente pour vous une possibilité de rester au Brésil, j'aimerais que nous ayons une conversation sérieuse. Je crains de ne plus pouvoir attendre et je vous demande de me permettre de vous parler à cœur ouvert. Je suis sûre que vous ne serez pas froissé par ce que je vais vous dire. J'ai besoin d'avoir une confiance totale en vous et je me sens mortifiée en pensant à certaines choses que je sais que vous avez faites à Rio. J'ai souvent voulu vous en toucher un mot. Cela aurait peut-être pu vous aider. Je suis certaine que vous savez de quoi je parle. D'ailleurs, n'oubliez pas que si quelque chose de déplaisant se produisait au village ou même dans les villes civilisées, cela serait connu du Service de protection des Indiens et mes amis feraient l'objet de plaintes. Vous pouvez être certain que je serai la première à subir les conséquences de toute erreur éventuellement commise. Buell, je sais que vous n'allez pas apporter d'alcool au village. Je sais que vous ne boirez pas trop quand vous serez à Carolina. Je sais que vous ne toucherez à aucune Indienne. Écrivez-moi et dites-moi que je peux avoir confiance en vous. Je dois avouer que, parfois, vous me faites peur: je vous trouve très instable et je crains pour votre avenir. J'aimerais que vous me fassiez davantage confiance et que vous m'ayez parlé de ce que vous avez fait. J'espère que votre séjour au Brésil vous sera salutaire et je crois que plus vous y resterez, mieux ce sera pour vous. Je serais ravie de vous aider et je souhaite que vous ayez la certitude que votre vieille amie comprend bien mieux les misères humaines qu'il n'y peut paraître. Je me demande si vous allez comprendre exactement ce que je veux dire, mais j'espère que votre intelligence et votre sensibilité suppléeront à ma pauvreté d'expression dans votre langue."

Pendant un certain temps, je me suis creusé la tête pour comprendre ce qu'elle disait dans cette lettre, ce qu'elle entendait par "misères humaines". Elle parlait en code de quelque chose que seul Quain pouvait connaître.

Le 27 mai, pendant sa visite à Carolina, après avoir pris connaissance de cette lettre, Quain en a profité pour répondre à dona Heloísa: "Vous avez raison quand vous me demandez de veiller à ma réputation. Eh bien, soyez assurée que je mène une vie sexuelle irréprochable et que la boisson se limite à un verre par-ci par-là, lors de rencontres occasionnelles. Je ne peux pas travailler et boire en même temps."

Le 4 juillet, moins d'un mois avant de se tuer, il écrit à Margaret Mead une lettre brusquement interrompue qui ne fut jamais envoyée : "Je doute qu'ailleurs au monde il existe des cultures autochtones aussi pures. Mais, malgré toutes les vertus du Xingu, j'aimerais quitter définitivement le Brésil et limiter mes travaux à des régions..."

Dans la même lettre, trouvée parmi ses affaires apportées à Carolina par les Krahô, Quain se plaint des difficultés de travailler avec les Indiens du Brésil : "Je crois que c'est attribuable à la nature indisciplinée et invertébrée de la culture brésilienne elle-même. Mes Indiens sont habitués à avoir affaire à un type dégénéré de Brésilien rural qui s'est établi dans le voisinage. Ce sont des terres marginales où vit la lie du Brésil. Tant les Brésiliens que les Indiens que j'ai vus sont des enfants gâtés qui braillent s'ils n'obtiennent pas ce qu'ils désirent et qui ne tiennent jamais leurs promesses, dès qu'on a le dos tourné. Le climat est anarchique et n'a rien d'agréable. La société semble s'être effilochée. Mes difficultés ici sont en grande partie imputables à l'influence brésilienne. Le Brésil à son tour a indéniablement absorbé nombre des traits les plus déplaisants des cultures autochtones avec lesquelles il a eu des contacts au début. Un ingénieur de Carolina entre dans l'eau pour se baigner de la même façon particulière que les Krahô et aussi les Indiens du Xingu. Personne à Rio de Janeiro ne respecte les interdictions de fumer, car "au Brésil, personne ne prête attention à ce genre de règlement". Les enfants brésiliens demandent une "bénédiction" à tous les voyageurs. Cela n'a peut-être pas une origine indigène, mais c'est totalement conforme au tempérament des Indiens. Les Brésiliens se contentent de s'en remettre à la chance." Quain, au contraire, n'a jamais voulu laisser sa chance entre les mains du destin. Pas même à l'heure de la mort.

Voici ce qu'il a vu. Il est arrivé à Rio de Janeiro la veille du Carnaval de 1938 et il s'est installé dans une pension de la rue Riachuelo, dans la Lapa. Le quartier était connu pour ses "pensions d'amour bon marché", comme les a définies Luis Martins, à l'époque célèbre chroniqueur des bas-fonds et de la prostitution de la ville. Au bas de la lettre d'introduction qu'il apportait, signée par Franz Boas, le jeune ethnologue avait écrit à la main sa nouvelle adresse à Rio : "B.H. Quain, 107 Rua Riachelo (Pensão Gustavo)." A la même époque, Banana da Terra, film où Carmen Miranda fut immortalisée avec une couronne de bananes sur la tête tout en chantant "Mais qu'a donc la Bahianaise ?", était à l'affiche du cinéma Metro-Passeio, au centre de la ville. Le film a inspiré les *foliões* qui suivaient les cortèges de carnaval, déguisés en Bahianaises avec des fruits sur la tête, dans les rues du quartier de Lapa. Toujours pendant le Carnaval de 1938, un des principaux personnages de la mythologie locale, représentatif de la pègre, du crime et de l'homosexualité du quartier, a gagné le concours du bal du théâtre República, près de la place Tiradentes, avec un costume à paillettes inspiré par les chauves-souris du Nord-Est d'où il venait et par la suite on l'appellera Madame Satan, en rapport avec le film homonyme de Cecil B. DeMille.

16. *Ceci est pour quand vous viendrez. Ce que je sais provient de ce qu'il m'a raconté et de ce que j'ai imaginé. Vous savez des choses à propos de cette île que je ne pourrai jamais connaître. C'est seulement pour cette raison que je prends la peine de raconter le peu que je sais. Si ce que j'ai à dire ne représente que la moitié du tout et peut sembler insignifiant aux oreilles de quelqu'un d'autre, c'est parce que tout cela vous*

attend pour acquérir un sens. Vous seul pouvez comprendre ce que je veux dire, car vous détenez la clé qui me manque. Vous seul êtes en possession de l'autre moitié de l'histoire. J'ai attendu plusieurs années, mais désormais je ne peux plus me fier à la chance. Ce que j'ai à dire ne peut trouver un sens qu'avec ce que vous savez déjà. J'aurais aussi beaucoup de questions à vous poser. A propos de souvenirs qu'il conservait de l'île à deux heures de la ville, par exemple. Il m'a parlé de la maison sur la plage et j'ai essayé de l'imaginer. C'est ainsi que j'ai vu une construction en bois et en verre au milieu de dunes face à la mer et deux silhouettes à la fenêtre d'un grenier un soir de pluie, après une révélation qui a changé à tout jamais la vie de tous les deux. Vous êtes le seul à être en mesure de savoir de quoi je parle. Cela ne peut être que dans la maison au bord de la plage qu'il vous a parlé d'elle pour la première fois. Sinon, pourquoi aurait-il associé, ivre, une des nuits où il était venu me voir à Carolina, la mer et la pluie à la déception qu'il causait aux êtres qui l'avaient aimé ? Vous avez sûrement discuté de cette femme. Il pensait que vous n'étiez pas au courant de son existence. Et c'est alors que la trahison s'est fait jour. Car, pendant cette nuit pluvieuse, vous lui avez non seulement dit que vous étiez au courant de tout, mais encore que vous aviez également une liaison avec elle. Et cela fut pour lui un choc que vous ne pouviez pas imaginer. Je pense quant à moi qu'au fond rien ne peut surprendre une personne qui se permet d'entendre sa propre voix chez autrui. Il me parlait de l'homme qui l'avait trahi. Mais si cela peut vous aider, sachez qu'il reconnaissait votre amitié. Ce qu'il nommait trahison était au fond ce qui le tourmentait dans ses propres actes. Sachez que, d'une façon ou d'une autre, il a reconnu que lui aussi vous avait trahi.

Les rôles se sont inversés : contrairement au Nègre qui lui chantait les chansons d'une île du Pacifique jusqu'à l'endormir et qu'il ne retrouvait pas à ses côtés quand le soleil se levait, c'est vous qui vous êtes réveillé seul le lendemain matin, quand il a quitté subitement la maison sur la plage. Deux silhouettes ont discuté d'une femme pendant une nuit de pluie. Jusqu'alors, il ne savait pas que vous aussi aviez une liaison avec cette femme. J'imagine vos raisons. Vous pensiez qu'ainsi, il renoncerait à elle. Vous ne vouliez pas le perdre. Et lui est parti. Quand vous vous êtes réveillé, la maison était vide. Vous soupçonniez peut-être déjà alors que vous ne vous verriez plus si vous n'alliez pas vers lui, mais il a fallu que des amis communs vous communiquent la nouvelle pour que vous découvriez qu'il était sur le point de partir au Brésil – ce qu'il avait dû planifier en secret pendant des mois pour se décider enfin après cette nuit de pluie sur la plage –, bref, il vous a fallu comprendre que la discussion avait été un adieu, à sa façon bien particulière, pour que quelques jours plus tard vous vous précipitiez en ville chez le Dr Buell, résolu à prendre les photos qui seraient le seul souvenir de lui, la marque qu'il a laissée de son bref passage sur cette terre.

Lorsque, dans les moments de plus grande mélancolie, il parlait de la femme, sans préciser s'il s'agissait de sa propre épouse, je l'associais toujours à celle dont vous auriez discuté dans la maison sur la plage et qui aurait marqué la fin d'une amitié. Je ne pouvais que le supposer. Il m'avait juste parlé d'une femme, de l'homme qui l'avait trahi et de personne d'autre, si c'est ce que vous voulez savoir. Au début, j'ai cru qu'il ne pouvait s'agir que de son épouse, de celle-là même dont il avait parlé aux Indiens avant de se tuer. La femme qui l'aurait trahi et qui lui avait désobéi en acceptant un emploi dans un journal en Amérique du Nord. Ce qui est bizarre, c'est qu'il m'avait dit dès la première nuit qu'il n'était pas marié. J'en suis venu à croire qu'il s'agissait de sa propre épouse quand il me parlait d'elle, mais cela jusqu'à ce qu'il fasse état d'une nuit dans la ville où, de retour dans sa maison – à vrai dire, il n'a pas parlé de maison mais d'hôtel –, la femme qui l'accompagnait fut si troublée à la vue d'une toute jeune fille dans le wagon où ils se trouvaient – laquelle ne les vit pas parmi les autres passagers –, bref elle fut si bouleversée qu'elle l'obligea à descendre quatre stations avant d'arriver à destination et à faire le reste à pied. Elle était livide, comme si elle avait aperçu un fantôme. Et il eut beau l'interroger, elle ne disait mot, elle ne révélait pas la raison de sa panique. Ce ne fut que plusieurs jours après, en se réveillant d'un cauchemar au milieu de la nuit en criant le nom de la petite jeune fille qu'elle n'avait pas vue depuis trois ans et qui, par une coïncidence malheureuse, était reparue comme un spectre dans le wagon où elle se trouvait avec le Dr Buell, ce ne fut qu'alors qu'elle se sentit obligée de lui avouer ce qui l'avait poussée à descendre précipitamment de ce train. L'histoire remontait à une époque où ils ne se connaissaient pas encore, le Dr Buell et elle. La fille du train était un être étrange, avec un nom bizarre, d'après lui. En arrivant à New York en provenance du sud des États-Unis pour étudier et réussir dans le monde de la musique, la jeune fille s'était installée par inadvertance dans un bordel, remerciant le sort, dans sa naïveté totale, d'avoir été acceptée dans une pension pour jeunes filles. Et c'est là que toutes deux s'étaient connues, la Sudiste fraîchement débarquée et la roulure chevronnée que lors de ses derniers jours parmi les Indiens il avait qualifiée d'épouse. Se rendant compte de la naïveté de la Sudiste, elle s'était offerte non seulement à lui montrer le moyen de transport qu'elle devait prendre pour aller à l'école de musique, mais aussi à lui garder son argent, et inutile de dire qu'en reprenant ses esprits, la pauvre jouvencelle comprit que sa compagne de logement avait décampé avec toutes ses économies et que ce qu'elle croyait être une pension était en réalité un bordel. Les deux femmes ne s'étaient plus jamais revues. Celle que le Dr Buell appelait sa femme n'aurait jamais pu imaginer qu'elle rencontrerait de nouveau l'autre dans une ville aussi grande jusqu'au moment où elle l'aperçut, telle une apparition, dans le wagon du train parmi les autres voyageurs. Et ce fut grâce à ce détail incongru et apparemment dépourvu d'importance ou de signification, raconté d'un air négligent, comme il avait l'habitude de le faire quand il voulait révéler une chose essentielle, que je perçus ce qu'il voulait me signifier. Il me parlait de la femme pour que je comprenne qu'il fréquentait des prostituées.

Ses paroles étaient ambiguës. Depuis la première nuit, j'étais au courant de la cicatrice sur son ventre, révélée aux Indiens, parmi d'autres horreurs, uniquement pendant les heures de désespoir qui précédèrent sa mort, et il est étrange qu'ils ne l'aient pas vue avant lorsqu'ils s'étaient baignés ensemble. Il leur raconta que c'était la conséquence d'une maladie ancienne, une maladie qui revenait et se manifestait sous forme de fièvre. Comme cette fois la fièvre ne revenait pas, c'était le signe que ses jours étaient comptés et il préférait devancer les souffrances de la mort inéluctable. La première nuit où il est venu chez moi à Carolina en mars, soulevant sa chemise d'un geste inopiné et compulsif pour me montrer la cicatrice pendant qu'il me parlait des Trumaï, il a mentionné en marmonnant entre ses dents la profession de son père qui était chirurgien. Dans mon souvenir horrifié, sans qu'il l'ait jamais dit explicitement, j'avais compris que mon ami avait été opéré dans son enfance par son propre père.

Nous étions convenus que je l'accompagnerais à cheval le premier jour de son voyage de retour au village. Le voyage était fatigant et je faisais ce que je pouvais pour l'aider. Je m'étais offert à l'accompagner pendant la première partie, un jour entier à cheval. Nous avons fait halte pour la nuit dans la forêt. Nous avons passé les heures nocturnes à bavarder. Il savait peut-être déjà ou pressentait ce qui allait se passer. Peut-être voulait-il se mentir à lui-même. Les Indiens connaissaient un endroit frais où passer la nuit. A la fin de la première journée, ils ont coupé des palmes de buriti, ils ont construit une cabane pour nous abriter et ils ont fait du feu. Après avoir mangé, ils sont partis dormir et nous avons continué à bavarder tous les deux. Le ciel était rempli d'étoiles. Il m'a parlé de plusieurs d'entre elles et de choses qu'il avait entendues à leur propos pendant son séjour à Fidji. Les étoiles n'ont aucune importance. Les Indiens croient que ce sont les feux allumés la nuit par des villages et des Indiens restés emprisonnés dans le ciel, dans l'autre monde qui nous recouvre et nous entoure comme un chapeau ou un miroir, quand on leur a retiré l'échelle qui reliait la sphère céleste à la terre. Peu importe ce que sont les étoiles pour nous, pour les Indiens ou pour les autochtones du Pacifique. Cette nuit-là, il but plus que de raison. Il s'est enivré très vite. Je suis sûr qu'il était plus faible et qu'il résistait moins bien à l'alcool. Il avait déjà bu en chemin. Il avait emporté de la gnôle contre ma volonté. A la fin de l'après-midi, il a été pris d'un accès de neurasthénie à cause des Indiens qui ne parvenaient pas à construire la cabane qu'il souhaitait. Cela a commencé dès qu'il les a vus surgir de la forêt avec des palmes de buriti qui ne lui paraissaient pas adéquates ni suffisantes. Personne n'a compris. Il semblait parler anglais, avoir oublié où il se trouvait. J'ai tout observé en silence. Il a arraché des mains d'un Indien, en le tirant avec un mouvement brusque, le bagage où il avait planqué la cachaça *alors que le pauvre Krahô tentait de poser au pied d'un* embaré *le bagage qu'il lui avait justement confié quelques heures auparavant, quand il ne parvenait plus à le porter lui-même. Je ne l'avais jamais vu dans cet état. Les Indiens ne savaient plus que faire. Il s'est emporté contre eux et soudain s'est tu, comme s'il se réveillait, étourdi, d'un profond sommeil. Il s'est tu et s'est éloigné vers le marécage. Quand il est revenu, nous étions autour du feu. Il était plus calme. Il a mangé en silence et dès que les Indiens sont allés dormir, il s'est excusé. Sans plus. Comme si de rien n'était, il s'est mis à parler du paysage de son lieu d'origine aux États-Unis qui ressemblait parfois aux plateaux boisés qui nous entouraient. Assis devant le feu, il continuait à boire. Il m'a dit que dona Heloísa lui avait interdit d'apporter de l'alcool au village et que nous devions donc terminer la bouteille sur place. Il a esquissé un sourire. J'ai bu quelques gorgées pour ne pas le vexer. Il m'a dit qu'il attendait une lettre très importante des États-Unis et m'a fait promettre de l'envoyer par porteur au village dès que l'avion de la Condor arriverait à Carolina avec son courrier. Je lui ai promis d'envoyer mon propre frère à cheval. Je ne savais pas, je l'ai dit, que ce dernier courrier contenait sa sentence de mort. Il m'a raconté une histoire que son père chirurgien lui avait relatée lorsqu'ils étaient allés en Europe pour la première fois, alors qu'il était encore adolescent, et qui concernait un navire envoûté qui ne réussissait jamais à entrer dans un port et qui errait sur les mers à la dérive depuis des temps immémoriaux. Chaque fois qu'ils croisaient un autre bateau, les membres de l'équipage lugubre s'approchaient dans des canots pour implorer les marins des autres embarcations d'apporter des liasses de lettres sur la terre ferme. Toutefois, en arrivant dans les ports de destination, les marins découvraient immanquablement que les lettres étaient adressées à des gens que personne ne connaissait ou qui étaient morts depuis longtemps. Le Dr Buell m'a dit aussi qu'il avait vu un jour, en se promenant dans Rio de Janeiro, entre la Lapa et le Catete, un temple à colonnes sur le portail duquel il était écrit: "Les vivants sont de plus en plus gouvernés par les morts." Il m'a demandé si j'étais déjà allé à Rio pendant le Carnaval. Il était de plus en plus ivre. Je n'étais pas sobre non plus. Et je ne sais pas si j'ai tout entendu. J'ai imaginé son rêve et son cauchemar. Il m'a dit qu'il était arrivé à Rio pendant le Carnaval de 1938 et qu'il avait fait la connaissance, dans un cortège de rue, d'une grande Négresse saisissante, déguisée en infirmière. Elle était vêtue d'un uniforme blanc, d'un chapeau blanc et de souliers blancs qui rehaussaient sa peau couleur de goudron, luisante de sueur. Il parlait à peine le portugais. Il ne comprenait rien à ce qu'elle lui disait. Il était soûl. Il l'a emmenée dans la chambre de sa pension, ils ont couché ensemble, mais quand il s'est réveillé le lendemain, elle n'était plus là, comme le conteur d'histoires à Fidji qui l'abandonnait avant le lever du soleil et à la place de l'infirmière, il y avait un homme dans son lit, un Nègre vigoureux et nu, comme les indigènes sur les photos qu'il m'avait montrées. Il ne se souvenait plus de ce qui s'était passé, ni de comment cet homme se trouvait là. Il s'exprimait par négations.*

Ceci est pour quand vous viendrez. Parmi les chansons, les légendes et les histoires que le Nègre lui avait racontées sous les étoiles de son île dans le Pacifique de l'autre côté du globe, il y en avait une que le Dr Buell laissa pour la nuit où nous nous séparâmes. C'était l'histoire d'un chef à Vanua Levu qui, la veille de sa visite dans un autre village, entendit parler d'un homme qui séduisait toutes les femmes qui passaient par là. Dans l'intention de lui jouer un tour, avant de se rendre dans son village, il demanda à ses ancêtres de lui donner l'apparence d'une femme. Il entra dans la rivière et une anguille le changea en jeune fille. Il se dirigea vers le village et dès qu'il arriva, il fut abordé par le séducteur qui l'invita à dormir sous le même toit que lui. Le chef en forme de femme repoussa tous les assauts et toutes les propositions jusqu'à ce que, contrarié et à bout de ressources, l'homme finisse par la demander en mariage. Le lendemain, pendant que le chef en forme de femme feignait de se pomponner, l'homme tenta de nouveau de le séduire. Mais cette fois, le chef n'opposa pas de résistance. Quand le séducteur le chevaucha, les deux pénis en érection se touchèrent et le séducteur s'enfuit, honteux, poursuivi par le chef qui exigea alors qu'ils couchent ensemble. A la fin de son histoire, le Dr Buell se tourna vers moi, sourit et déclara qu'il était très malade. Puis il balbutia quelque chose entre ses dents qui me parut être : "Toute mort est un assassinat", mais sans que je comprenne encore ce qu'il voulait dire par cette phrase et il s'endormit comme s'il s'était évanoui. Moi aussi, j'ai dormi d'un sommeil lourd cette nuit-là. Si lourd qu'en me réveillant le lendemain, sans savoir ce que j'avais entendu, sans savoir s'il m'avait joué un tour ou s'il avait parlé sérieusement, le Dr Buell et les Indiens étaient déjà prêts à partir. Ils buvaient du café. Il avait attendu la dernière nuit pour tout me raconter, entre deux gorgées de gnôle, sur le chemin du village, pendant que les Indiens dormaient. C'était un héritage qu'il me laissait pour le voyage du retour, seul avec les chevaux. Car ensuite les Indiens et lui continueraient à pied et moi je retournerais à Carolina en emportant ses paroles qui résonnaient au fond de ma tête. En le voyant partir avec les Indiens, le matin, et se retourner pour me faire signe avec la main pour la dernière fois avant de disparaître entre les arbustes, je ne pouvais imaginer, encore que cette pensée m'eût traversé l'esprit un instant, que nous ne nous verrions plus jamais, que c'était un adieu.

17. En février 1939, à trente-sept ans, l'anthropologue franco-suisse Alfred Métraux, spécialiste de l'Amérique latine, rencontra Charles Wagley à bord du bateau qui l'amenait de New York à Rio de Janeiro. Dans les Barbades, tous deux firent connaissance et se promenèrent à Bridgetown. De retour à bord et en mer, Wagley raconta à Métraux l'histoire de sa vie. Il avait un frère handicapé. Le garçon de quinze ans avait un corps de onze ans. Wagley avait décidé d'offrir une partie de ses économies pour tenter de guérir son jeune frère qu'il adorait. Il raconta qu'il avait été danseur de cabaret, donné des leçons particulières, travaillé dans des restaurants. Il disait qu'il ne se sentait pas à l'aise à cause des lacunes dans son éducation. Sa confession toucha l'anthropologue qui jusqu'alors s'était plaint de la "simplicité ennuyeuse du jeune collègue américain". Je suis frappé aussi par la façon détachée dont il parle de la pédérastie. Il confirme lui-même l'impression que j'avais eue à ce sujet.

Il me raconte ses succès amoureux : nouvelle plongée dans les arcanes de la vie américaine, écrit-il dans son journal.

En débarquant à Rio le 9 février, Métraux rend visite à Heloísa Alberto Torres dans son bureau à l'intérieur de la chapelle de l'impératrice, au Musée national. Le bâtiment tombait en ruine. Dans ses annotations, l'anthropologue suisse raconte sa rencontre avec un homme mystérieux nommé Cowan qu'il ne mentionne nulle part ailleurs. "Visage énergique, traits réguliers et bien dessinés, léger hâle, forte carrure."

De retour à l'hôtel Belvédère, à Copacabana, Métraux a déjeuné avec une Américaine qui avait voyagé sur le même bateau et avec qui il flirtait depuis plusieurs jours. Wagley et Cowan se sont joints à eux. C'est dans ce passage du journal que l'identité du mystérieux personnage se dévoile enfin par déduction : "Cowan nous relate son voyage dans le Xingu puis s'étend sur le sujet de sa syphilis. Dans la franchise brutale avec laquelle il en parle, dans ses plaisanteries à ce propos, je crois découvrir une bravade désespérée. Cowan est passablement éméché et sa voix tonitruante emplit la salle à manger. Wagley le calme avec des chut, chut gentils et courtois." Il est évident qu'en étant présenté à Quain, le Franco-Suisse n'a pas compris le nom du jeune ethnologue américain. Quain, Cowan. Au dîner de la soirée suivante, Wagley lui a semblé très déprimé.

En 1947, lors d'un nouveau passage par Rio, Métraux a dîné avec Bernard Mishkin, un jeune anthropologue de l'université Columbia, qu'il tenait pour rancunier, prétentieux et cancanier. Mishkin a profité de l'occasion pour lui parler de la jeunesse de Wagley : "Mère divorcée, enfance pauvre et délaissée." Puis il a présenté la fiche complète de Quain, mort huit années plus tôt : "Fils d'un père alcoolique, mais riche, et d'une mère névrotique et dominatrice. Se force à avoir des rapports homosexuels avec des Nègres, dont il a horreur. Un garçon talentueux, un poète." Métraux est explicite dans ses notes : "Comme langue de vipère, Mishkin n'a pas son pareil."

18. *Il voulait dire autre chose. Je ne sais pas si vous vous rendez compte des conséquences de ce qu'il m'a raconté, de ce que cela pourrait entraîner si cela parvenait aux oreilles des autorités. Elles imagineraient le pire, tout serait prétexte à conclure qu'il avait commis des actes contraires à la nature dans le village, justifiant que les Indiens le tuent. Le plus facile était de poursuivre les Indiens. Vous ne pouvez imaginer la responsabilité qu'il a placée sur mes épaules : il m'a chargé par des voies détournées de faire parvenir entre les mains de leur destinataire les lettres qu'il a écrites à l'orée de la mort, comme les marins qui apportaient la correspondance des morts sur la terre ferme dans l'histoire du navire envoûté qu'il m'a racontée cette nuit-là. Simplement, il ne pouvait imaginer à quel point cela m'effraierai. Il ne pouvait imaginer que la peur me pousserait finalement à choisir de garder une des lettres par sécurité plutôt que de me risquer à l'envoyer. Par méfiance pure. Ce qu'il m'a raconté négligemment devant le feu, entre une histoire et une autre, rendait les Indiens suspects d'un crime présumé de vengeance ou d'autodéfense. Vous ne pouvez comprendre ce qu'était cette époque ou ce qu'est ce pays, un monde absurde gouverné par la méfiance. Essayez de me pardonner. Tout me portait à croire que la lettre qu'il vous a laissée en mourant pourrait révéler la vérité, quelle qu'elle fût. La vérité et le mensonge n'ont pas le sens qui vous a amené jusqu'ici. Et je ne pouvais pas courir de risque. C'était la seule chose que je ne pouvais laisser affleurer. Si les Indiens craignaient autant d'être accusés, ce n'était certainement pas parce qu'ils l'avaient tué, mais parce qu'ils pouvaient avoir des raisons de le faire. Bien qu'ils n'aient rien fait et que lui ait été*

assez emphatique et magnanime pour le préciser clairement. Il s'est tué pour qu'aucun doute ne plane sur sa mort. Et pour les innocenter, parce que rien que son existence et sa présence dans le village les incriminaient déjà. C'est ce qu'il a fini par comprendre dans sa folie. Parmi les lettres qu'il a laissées, seules celles qu'il a adressées à son père, à son beau-frère et à vous, étaient cachetées. Les autres ne déchargent pas seulement les Indiens de toute responsabilité, elles disculpent l'ethnologue et le placent au-dessus de tout soupçon. Le suicide n'élimine pas seulement l'hypothèse de l'homicide, mais les motifs de qui aurait des raisons de le tuer, un père ou une mère vengeant un enfant, un mari vengeant sa femme, des frères vengeant un frère. Tous s'en tirent avec honneur. Tous sont innocents. Je suis sûr que tout ce qu'il m'a raconté peu à peu, tout au long de ces neuf nuits, fut une confession, mais de quelque chose allant bien au-delà de ce qu'il semblait confesser. Ce fut la préparation de sa mort. Je ne crois pas qu'il ait fait quoi que ce soit. Ce qu'il voulait me dire, c'est qu'il était capable de le faire et que désormais il ne pouvait plus se contrôler. Ses propos ont toujours été très ambigus. Il ne me reste pas d'autre choix. J'ai décidé d'en finir avec cette lettre qui vous appartient et dont j'ignore la teneur, en partie par ignorance, en partie par prudence (je ne pouvais demander à personne de la traduire), et que j'ai conservée jusqu'à présent dans le but de les protéger, lui et les Indiens, et de la faire parvenir intacte à son destinataire. Je ne pouvais la remettre qu'en mains propres. C'est l'héritage qu'il m'a laissé. Je suis un homme sur lequel un soupçon pèse depuis qu'on m'a démis de mes fonctions de responsable du poste Manoel da Nóbrega. Je vous attends depuis lors, mais je ne peux plus courir de risques. Ce que je craignais, c'était que dans sa folie il se soit servi de la lettre qu'il vous avait adressée cachetée pour vous révéler ce que j'ai commencé à soupçonner à la fin de neuf nuits de conversation, soupçon qui s'est encore accru à la nouvelle de sa mort : à savoir qu'il avait devancé son assassinat et qu'il avait voulu ne laisser aucune chance au destin. J'ai hésité à croire qu'il était mort, comme vous aussi sans doute. Pendant plusieurs jours, j'ai cru que je le verrais encore, qu'il avait fui, changé d'identité. Jusqu'au moment où j'ai compris. C'est alors que j'ai eu peur que dans sa folie il ait été capable de révéler dans cette lettre des choses qui puissent provoquer des soupçons. Des choses qu'il ne dirait ni à son père ni à son beau-frère, mais à vous, qui que vous soyez. Des choses qui ne participaient pas de la réalité mais de sa folie. Et que, s'il ne les avait pas encore commises, il n'était plus capable de les éviter.

Ceci est pour quand vous viendrez. Il faut que vous soyez prêt. Quand vous vous sentirez seul et abandonné, quand vous penserez que tout est perdu, pensez au Dr Buell, mon ami. A un moment ou à un autre, tous se sentiront seuls et abandonnés. Seule une épreuve permanente aux limites du corps peut nous donner la conscience que nous sommes toujours vivants. Si nous mettons notre corps à l'épreuve, ce n'est pas par un caprice futile consistant à savoir jusqu'où nous pouvons aller, ce n'est pas pour défier les limites, mais pour savoir où nous en sommes – bien que les autres puissent avoir l'impression que nous commettons un acte contre-nature. Et très souvent, quand nous le découvrons, c'est déjà trop tard. Le jour de son vingt-septième anniversaire, il m'a dit qu'il savait ce qu'est la mort : un excès qui s'anéantit. C'est être plus fatigué que la fatigue ne le permet, dépasser sa propre condition, se réduire à moins de zéro, dépasser les vingt-quatre heures d'un jour sans arriver au jour suivant. Le malheur dans son cas fut de n'avoir personne auprès de lui pour le secourir en cette heure funeste. Quand il a compris qu'il devait revenir, qu'il était allé trop loin, il n'avait plus la force d'entreprendre cette marche. Tout animal, fût-il serpent ondulant, fût-il limace, escargot, fût-ce une seule fois dans la vie, quand il regarde un arbre, une pierre ou un coin de ciel, voit la totalité de l'univers et comprend l'espace d'un instant ce qu'il est, où il se trouve et ce qui se passe autour de lui. Après sa mort, je me suis lancé en quête de cet arbre, tentant de comprendre. Les Indiens m'ont amené jusqu'à la tombe entourée de palmes de buriti. Je pouvais être devant n'importe quel arbre. Je dus croire que c'était bien là. Je n'en aurais eu la preuve que si j'avais exhumé le cadavre avec mes propres mains. Il y a beaucoup de choses qu'on ne peut déterrer. Tout seul, je n'en avais pas la force.

Nous sommes tous des chiens de bord de route, pris au dépourvu, incapables de comprendre que c'est toujours le mauvais moment pour traverser. Il a été pris au dépourvu par lui-même. J'aurais fait n'importe quoi pour le sauver si je m'étais rendu compte qu'il était à bout de forces quand il est retourné au village pour la dernière fois, bien que je comprenne aujourd'hui tous les indices qu'il m'offrait, de même que toutes les obligations et les responsabilités qu'il me léguait. J'aurais essayé de l'en empêcher, mais ce qui s'était passé entre nous cette fois-là m'avait privé de toute initiative, en fait par respect pour lui. C'était un homme orgueilleux et je savais qu'il irait jusqu'au bout. Mais je ne pouvais pas m'immiscer, surtout après notre dernière conversation, après cette dernière nuit dans la forêt. Peut-être pour avoir déjà perçu son instabilité, j'avais décidé de l'accompagner à cheval pendant la première partie de son trajet – mais pas plus loin – lorsqu'il m'a dit ce qu'aujourd'hui j'aurais préféré ne pas entendre, car cela ne peut qu'aggraver mon remords et mon repentir de l'avoir laissé continuer. Essayez de me comprendre. La conscience qu'il m'a donnée de son état fut aussi ce qui m'empêcha d'intervenir. Agir aurait été une offense et une trahison. Ç'aurait été comme rendre réel le fantôme de l'homicide qui le hantait. Ce qu'il me racontait, je devais le garder comme si je ne l'avais pas entendu. Et c'est ce que j'ai fait. C'était mon héritage. Je vous demande d'essayer de me comprendre et de me pardonner, tout comme j'ai compris que vous ne pouviez imaginer les effets que votre dernière lettre aurait sur un homme dans cet état de solitude et de déréliction.

Ce que je vous relate est un mélange entre ce qu'il m'a raconté et ce que j'ai imaginé. Je vous laisse donc aussi imaginer ce que je ne pourrai jamais vous dire ou vous écrire.

19. Personne ne m'a jamais questionné. Manoel Perna, l'ingénieur de Carolina et l'ancien responsable du poste indigène Manoel da Nóbrega, est mort en 1946, noyé dans le Tocantins pendant une tempête, alors qu'il tentait de sauver sa petite-fille en bas âge. L'Estado Novo et la guerre étaient finis. Il laissa sept enfants, trois garçons et quatre filles. Il revenait à Carolina de Miracema do Tocantins. Ce sont les deux aînés qui m'ont raconté l'histoire, m'assurant qu'il n'avait laissé ni papier ni testament, pas un mot sur Buell Quain. Francisco Perna, de Miracema, a dit que son père "revenait à Carolina par la rivière, une tempête s'est levée et le bac a chaviré. Il a essayé de nager et de sauver sa petite-fille en la plaçant sur une valise, mais il a coulé. La petite fille fut sauvée par un ami qui réussit à nager jusqu'à la rive". Quelques jours après l'accident, les enfants apprirent que le corps de leur père emporté par le courant avait été retrouvé et enterré quelque part en aval, mais ils ne savent pas où. Il a été enterré et oublié, comme Buell Quain au milieu de la forêt. Francisco était un enfant lorsque l'anthropologue a fréquenté la maison de son père: "Il était grand, rouge et très aimé. C'était un ami de mon père. Il était très calme et bien élevé. Son suicide a été une surprise." La fille aînée, Raimunda Perna Coelho, se souvient aussi de l'ethnologue, de ses visites chez son père à Carolina: "Ils se parlaient beaucoup. Ou alors ils se promenaient à cheval." Aujourd'hui, Raimunda vit à Miracema, comme son frère Francisco. Je lui ai demandé de me dire ce qu'elle

savait de la mort de Quain : "Il n'a plus voulu manger après avoir reçu les dernières lettres de sa famille. Et il a dit aux Indiens qu'il avait été abandonné par sa femme, qu'elle l'aurait trahi avec son beau-frère. Qu'elle lui aurait désobéi et serait partie travailler dans un journal en Amérique du Nord. Avant de mourir, pour pouvoir écrire les dernières lettres, il a tout brûlé, vêtements et papiers, car il n'avait plus de lumière. C'était le bruit qui courait à Carolina." En fin de compte, ai-je pensé pendant que je lui parlais au téléphone, il était tout à fait possible que la "trahison" du beau-frère concerne une affaire d'argent qui était un des thèmes principaux et récurrents dans toutes les lettres laissées par Quain : la répartition de ce qu'il laissait entre Ruth Benedict et sa famille, ce qu'il devait à Carolina ou au Musée national et ce qu'il avait promis aux Indiens, à commencer par les deux qui l'avaient accompagné dans son dernier voyage. L'ethnologue en était venu à attribuer son suicide à des difficultés d'argent dans sa famille. Dans ce cas, il se pouvait qu'à ses yeux troublés, son beau-frère l'eût "trahi", simplement parce qu'il laissait sa sœur et sa nièce dans une mauvaise situation financière, bien que Marion Kaiser eût nié qu'elle eut des difficultés, non sans une pointe d'orgueil blessé, dans la lettre qu'elle écrivit à Ruth Benedict après le suicide de son frère. Manoel Perna n'a pas laissé de testament et j'ai imaginé la huitième lettre.

Personne ne m'a jamais questionné. Et donc je n'ai pas eu à répondre. Mon père est mort il y a plus de onze ans, à la veille de la guerre qui a précédé la guerre actuelle et qui d'une certaine façon l'a annoncée. Aujourd'hui, les guerres sont permanentes. Je n'habitais pas au Brésil. Ma sœur m'a téléphoné me demandant de me préparer au pire. L'histoire n'est pas simple. A un certain moment, mon père a commencé à marcher avec difficulté. Comme il avait beaucoup bu toute sa vie, au point d'être sorti plusieurs fois en voiture, seul, un verre à la main, nous avons pensé que c'était dû à l'effet cumulatif de l'alcool. Puis il a commencé à avoir du mal à s'exprimer. Il parlait péniblement, la langue lui fourchait. Il a cessé de signer des chèques. Il vivait avec une Libanaise qu'il avait rencontré à la piscine de l'immeuble où il habitait à São Conrado. Mon père a eu plusieurs femmes et parfois plus d'une en même temps. Il avait un faible pour les maîtresses et pour une certaine vulgarité. Et bien qu'il ne fût pas un libéral, j'ai toujours eu l'impression qu'au fond il y avait en lui une certaine compréhension et solidarité pour ceux qui se laissent mener par le désir selon des voies qu'ils n'ont pas choisies et qui les mènent souvent à leur propre perte. Il m'a dit une fois inopinément, quand j'étais petit, et sans que rien ne puisse justifier ce commentaire (sauf une intuition fabuleuse ou une capacité magique de prescience, qu'il ne possédait pas) que "les hommes n'aiment pas seuls, sans les femmes". Et j'ai eu l'impression qu'il ne pouvait parler qu'en se fondant sur sa propre expérience, probablement après m'avoir observé, pendant que je faisais semblant de dormir, en train de me masturber sous les draps, car déjà à l'époque je n'étais pas doué pour le contrôle de soi, au milieu d'une de ces nuits où nous avions partagé une chambre dans une pension d'une ville quelconque à l'intérieur du Mato Grosso, Barra do Garças si j'ai bonne mémoire, en nous rendant vers les fermes, et en l'occurrence je pense que cette remarque n'était pas répressive, mais le fruit d'un sentiment protecteur et prévoyant. Il parlait en connaissance de cause. Il s'était abandonné à un désir qui, s'il contenait une pointe de sadisme, avait aussi des côtés très masochistes. Cela peut paraître simpliste, mais ce qu'il tira des femmes tout au long de sa vie active, il dut le rembourser à celles qui l'entourèrent dans sa vieillesse. Je n'ai jamais su au juste ce qu'il avait mijoté contre la cousine avec qui il vivait depuis des années et qui avait investi une somme considérable dans les exploitations d'élevage qu'il avait décidé de monter dans la forêt. Il semble qu'il lui ait pris son argent et que parallèlement il se soit exhibé, sans aucune gêne apparente et sans faire le moindre effort pour lui éviter cette humiliation (au contraire, tout semblait parfaitement délibéré), avec une femme vingt ans plus jeune que lui, une miss quelque chose, qu'il avait sans doute rencontrée dans un bar pour célibataires ou pour hauts fonctionnaires, ce qui est souvent la même chose, et avec qui il m'a emmené pour la première fois de ma vie, sans que je sache où nous allions, à un *terreiro de macumba*, un jour qu'il était allé me voir à Rio pendant cette période. En même temps qu'il était incapable de résister à l'invite d'une putain, il lui fallait faire se sentir comme telle la femme avec qui il vivait à l'époque. Mon père passa un week-end avec la miss dans la maison qu'il avait avec la cousine sur la plage. Les amis de celle-ci l'aperçurent avec la fille. Cela provoqua un scandale. La cousine engagea des avocats pour récupérer l'argent qu'elle avait perdu avec mon père, puisque personne ne pouvait l'aider à retrouver l'orgueil avec lequel elle avait défié son frère qui l'avait alertée bien des années auparavant au sujet de son cousin quand elle avait décidé de vivre avec lui, contrairement au bon sens, car elle en était amoureuse. Le frère avait coupé toute relation avec elle. Les faits finirent par lui donner raison. Mon père était célèbre. Il perdit l'équilibre de sa perversion, entre sadisme et masochisme, le jour où, toujours attiré par ce qu'il y avait de plus vil, il se rapprocha de gens pires que lui. De bourreau il devint victime, du sadisme il glissa dans le masochisme. Il courait ce risque depuis le début et c'est alors qu'il commença à payer. Mon père vécut plusieurs années avec une femme qui, à sa grande surprise, lorsqu'il entama le dernier acte traditionnel de son théâtre sadique, montra qu'elle n'était pas une pute seulement au lit en distribuant dans tout São Paulo une lettre dans laquelle elle révélait toutes les escroqueries financières de son amant qui essayait à présent de la truander, la laissant sur la paille. Je ne sais pas si ce fut la raison déterminante, mais le fait est qu'il décida de quitter le Brésil. Profitant de ce que son avion faisait escale à Rio, il alla voir ma mère avec un air de chien battu et passa l'après-midi à bavarder avec nous et avec elle, ce qu'il n'avait pas fait depuis des années et ce qui me parut stupéfiant. Aux États-Unis il finit par se remarier, naïvement ou par inadvertance pour un homme de son âge et de son expérience, avec la femme qui s'occupait de son compte en banque, une employée cubaine au courant de chaque centime qu'il y versait. Pour moi, ce fut un pas décisif, la preuve irréfutable que l'équilibre de sa perversion était entamé par l'âge. Sans s'en rendre compte, il était tombé dans le piège de son propre désir. Non que la Cubaine n'ait souffert entre ses mains. Pour avoir une idée, mon père acheta un voilier d'une trentaine de pieds et obligea sa femme, qui ne savait pas nager, à faire avec lui, qui ne savait pas naviguer, et avec un vieux marin à la retraite, des traversées nocturnes entre la Floride et les Bahamas, jusqu'au jour où ils furent surpris par une tempête inopinée et où ils faillirent mourir tous les trois. Après cela, les traversées cessèrent. Quand je leur rendis visite à Treasure Cay, dans une île lointaine des Bahamas, le bateau ne quittait déjà plus son point d'ancrage et les tortures qu'il infligeait à sa femme se bornaient à des disputes et aux jeux du sexe qu'elle n'aimait pas beaucoup, d'après ce qu'il me raconta ensuite, du moins pas avec lui. Quand les choses dégénérèrent réellement, tous les deux s'installèrent à Rio. Et quand mon père commença à vraiment exagérer, elle retourna à Miami et demanda le divorce et un partage des biens. Aucune autre femme n'avait jamais osé agir ainsi avec lui. Il fut pris au dépourvu. Pour combler la mesure, il avait mis au nom de sa femme, en plus des investissements, tout ce qu'il avait acheté aux États-Unis (un appartement, un bateau et deux voitures). A cause des impôts et du type de permis de séjour qu'il avait. Son avocat brésilien lui conseilla de ne pas se présenter à l'audience à Miami et de laisser à sa femme ses biens américains pour éviter de perdre la moitié de tout ce qu'il possédait au Brésil. Et mon père n'a plus jamais mis les pieds aux États-Unis. Seul à Rio, il s'est mis à boire et à prendre des antidépresseurs et des calmants à la fois. Un jour, après six mois sans me parler, car il désapprouvait ma façon de vivre (il voulait que je travaille comme lui, au lieu de finir la faculté), il m'a téléphoné pour me demander de l'aide. Il ne savait pas où il était (il était chez lui), il ne savait pas où était sa femme (qui l'avait abandonné et qui était retournée aux États-Unis), il ne savait pas qui il était (il était mon père). Il s'est mis à sortir avec plus d'une femme par semaine, auxquelles il me présentait avec orgueil de temps en temps. Il dépensait ce qu'il n'avait pas et passait des nuits blanches comme un petit play-boy de vingt ans. Il en avait plus de soixante. Un jour, il a fait la connaissance d'une voisine de son immeuble, la Libanaise, et il s'est apparemment calmé. Ou plutôt, son état a commencé à se détériorer. Il la flanquait à la porte de son appartement et la semaine suivante, elle était de retour. Il l'expulsait de nouveau et elle revenait, et de la sorte elle a fini par s'imposer sans qu'il parvienne à résister. Elle s'est mise à contrôler tout ce qui appartenait à mon père et quand ma sœur et moi, nous nous en sommes rendu compte, c'était trop tard : mon père ne parlait plus, ne marchait plus, et elle avait réussi à lui arracher une procuration où, faute de signature, figurait l'empreinte digitale du pouce. Pendant un certain temps, personne n'a su de quelle maladie il souffrait. On a fait de nombreux examens qui n'ont rien prouvé jusqu'au jour où un médecin a prescrit une tomographie et posé un diagnostic fondé sur la morphologie spongieuse du cerveau : il y avait de grandes preuves que mon père souffrait du syndrome de Creutzfeld-Jakob, une maladie rarissime et mortelle. Son cerveau était devenu comme une éponge. Nous avons décidé de le faire interdire, pour des raisons objectives et pratiques. C'est alors que nous avons découvert par hasard l'existence de la procuration que la Libanaise avait omis de nous signaler. Et une chose mena à une autre. Nous avons découvert qu'elle était entrée en contact avec l'avocat de mon père à São Paulo pour en obtenir la liste des propriétés qui lui restaient. Elle avait déjà fait mettre l'appartement de Rio à son nom. Elle avait disparu avec les actions au porteur et tout ce qu'il gardait dans un coffre auquel en principe seul lui et moi avions accès. Elle avait fait main basse sur tous les comptes et tous les investissements. Quand nous avons demandé une explication, elle nous a interdit avec sa voix rauque d'entrer dans son appartement ou dans l'immeuble. Elle était conseillée par un avocat. La scène fut dantesque. Quand nous avons eu une confrontation avec elle, elle s'est mise à hurler devant mon père alité, muet et immobile, qui suivait tout de ses yeux écarquillés. Elle criait que nous voulions le dépouiller, que si nous étions là, c'était pour le voler. Je ne sais pas ce qu'il comprenait encore. Dans un effort surhumain, il m'a regardé de ses yeux écarquillés et a réussi à balbutier plusieurs fois un seul mot : "Salaud !" Ce fut la dernière chose vaguement sensée que j'entendis de la bouche de mon père. Ma sœur et moi avons engagé une procédure d'interdiction. Cela a duré des mois. Entre-temps, on m'a proposé un travail à Paris. L'occasion était unique. Impossible de la refuser. J'ai voyagé pendant que la procédure était en cours. Trois mois plus tard, ma sœur m'a téléphoné et m'a dit que je devais me préparer au pire. Le pire était de devoir entrer de force dans l'appartement de mon père (muni d'un mandat de la justice), accompagné par un officier de justice (et en cas de besoin de la police), d'un médecin et de deux infirmiers, sortir mon père de son lit contre sa volonté (pour autant qu'il en eût encore une, impossible de le savoir), de le mettre dans une ambulance et de l'emmener vite à São Paulo. Je suis arrivé à Rio par un vol direct depuis Paris. J'ai dîné avec ma sœur et un de ses amis, un médecin qui avait tout organisé pour que mon père puisse être interné dans un hôpital peu réputé de São Paulo, le seul susceptible de l'accepter dans cet état, et le lendemain matin nous sommes allés avec l'ambulance et l'officier de justice à l'immeuble de São Conrado. La Libanaise avait reçu l'intimation et elle savait ce qui allait se passer. Elle nous attendait en compagnie de son fils et d'un avocat. Quand nous avons sorti mon père de l'appartement, elle a encore essayé de crier et de pleurer, mais au moment de refaire sa scène, elle a été interrompue par son fils et l'avocat qui lui ont fait comprendre que cela ne servait à rien, que ce serait pire, et elle n'a plus ouvert le bec. Je ne sais pas ce que j'ai fait et si je le regrette. Je ne sais pas qui avait raison. Et si avant de perdre la raison, pour autant qu'il l'ait vraiment perdue, mon père avait décidé de mourir à côté de cette femme, dans cet appartement ? S'il avait décidé de lui donner tout ce qui lui appartenait ? L'ambulance a mis cinq heures pour arriver à São Paulo. Ma sœur et moi étions à côté de lui. Je m'efforçais de le calmer, disant que tout se passerait bien, mais j'entendais seulement la fausseté de mes propres paroles pendant qu'immobile il me fixait d'un regard interrogateur dont je ne savais pas s'il était d'incompréhension ou de reproche résigné. Il devait lire la vérité au fond de mes yeux : que, contrairement à ce que je disais, rien ne se passerait bien, rien ne pouvait bien se passer. Quand nous sommes arrivés à l'hôpital, le médecin ami de ma sœur nous attendait. Mon père a été conduit aux urgences dans une chambre double. C'était un système de semi-unité de soins intensifs, avec des chambres à deux lits. C'était déjà un miracle qu'on l'accepte. Le type dans le lit à côté était à l'article de la mort. Le médecin avait omis de préciser le diagnostic de la maladie de mon père pour que l'hôpital l'accepte. Personne ne savait ce qu'était sa maladie ni son degré de contagion. Personne ne se serait risqué à l'accueillir, d'autant plus qu'il n'y avait rien à faire sinon attendre sa mort et cette attente pouvait durer des mois. Ils ne savaient pas la cause de ce dont il souffrait et ils n'écartaient pas l'hypothèse que ce soit une maladie héréditaire à laquelle ma sœur et moi pouvons être sujets. Cela se passa juste avant que la crise de la vache folle n'éclate en Angleterre, laquelle s'avéra être une variante de la maladie de Creutzfeld-Jakob, au moins dans ses effets et ses symptômes, bien qu'elle soit totalement différente en ce qui concerne la contagion. Cela se passa avant qu'on ne commence à soupçonner qu'une variante de la maladie pouvait être contractée par l'ingestion de viande contaminée par une protéine sujette à un dysfonctionnement. Dès la première nuit, les infirmières ont commencé à soupçonner que quelque chose clochait, à cause du tableau de la maladie et de l'absence de diagnostic. Elles évitaient de s'approcher de mon père ou prenaient toutes sortes de précautions quand elles entraient dans sa chambre. J'étais venu spécialement de Paris pour cette opération de libération de mon père et j'avais une réservation de retour trois jours plus tard. Je me suis mis d'accord avec ma sœur pour passer les trois premières nuits à l'hôpital. Elle viendrait pendant le jour. Comme l'autre patient dans la chambre était un homme seul qui recevait rarement des visites, on m'a laissé passer les trois nuits sur un petit divan à côté de mon père. La nuit, l'air était irrespirable. Il y avait une odeur âcre dans la chambre que les infirmières ont attribuée à une infection de la bouche de mon père. Tous les palliatifs se révélaient insuffisants. Sa mort serait terrible, avec une défection progressive des fonctions et des organes, trois mois après son hospitalisation. Les infirmières voyaient ce qui l'attendait. Mais moi je n'en avais aucune idée. Ma sœur a fait face toute seule à la responsabilité et au fardeau émotionnel de ces mois d'attente. Quand elle m'a enfin téléphoné pour m'annoncer sa mort, à la veille de l'enterrement, elle m'a dit que pendant les dernières heures il avait pleuré du sang. J'ai essayé de ne pas l'imaginer. Je ne suis pas retourné là-bas pour l'enterrement.

J'ai passé la première nuit pratiquement éveillé. La souffrance de mon père m'empêchait de dormir. Il était pris de râles, il gémissait par intermittences, il voulait parler. J'essayais vainement de le calmer. Quand nous sommes arrivés, les rideaux du lit à côté étaient fermés. Au milieu de la nuit, l'autre patient a commencé à marmonner lui aussi. De temps en temps, une infirmière venait lui administrer une injection. Le matin, je l'ai vu pour la première fois. Il avait les cheveux entièrement blancs, des yeux d'un bleu délavé et il était très maigre. Vers dix heures du matin, un jeune homme est entré dans la chambre, m'a dit bonjour, a salué le vieillard, a tiré une chaise, s'est assis au pied du lit, a sorti un livre d'un sac et a commencé à lire. Ma sœur n'était pas encore arrivée. Le jeune homme lisait en anglais. A ma stupéfaction, j'ai reconnu les premières lignes du *Compagnon secret* de Joseph Conrad, une des nouvelles préférées de mon adolescence. Le jeune homme n'avait pas d'accent. Ni en portugais, ni en anglais. Il était bilingue. Il parlait comme un Américain du Middle West. "Je pus encore apercevoir un éclair de mon chapeau blanc abandonné, marquant l'endroit où le compagnon secret de ma cabine et de mes pensées, comme s'il était un deuxième moi, s'était immergé dans l'eau pour purger sa peine : un homme libre, nageur orgueilleux, s'avançant à force de brasses vers un destin nouveau." Quand il a terminé le conte, il s'est levé, il a dit au vieillard – lequel, comme moi, avait écouté impassiblement pendant plus de deux heures – qu'il reviendrait le lendemain, il m'a salué d'un signe de tête et est parti. J'étais perplexe. Quand l'infirmière est revenue, je lui ai demandé qui était le compagnon de chambre de mon père et elle a répondu qu'elle n'en avait aucune idée, elle était nouvelle dans cette aile. L'infirmière de nuit pourrait sûrement me renseigner. Cette nuit-là, je suis allé voir l'infirmière en chef de l'étage. Et elle m'a raconté ce qu'elle savait. Mon père partageait la chambre avec un Américain de quatre-vingts ans qui vivait au Brésil depuis longtemps. "Il n'a personne ici, aucun ami." Ils essayaient de retrouver son fils aux États-Unis avant qu'il ne meure. Le vieillard avait été transféré d'un asile à l'hôpital quand son état avait commencé à se détériorer. Il avait un cancer. Ses jours étaient comptés. J'ai demandé qui était le jeune homme que j'avais vu le matin, s'il était de la famille. Il s'agissait d'un accompagnateur, engagé par l'institution charitable qui finançait l'asile d'où venait le vieillard, une société créée par des missionnaires américains. "Il semble que ce jeune l'accompagne depuis des années", m'a dit l'infirmière en chef dans le couloir.

Le lendemain il était là, ponctuellement, à dix heures. Il a ouvert le même livre et cette fois il a commencé à lire la préface de Lord Jim : "Par une matinée ensoleillée, dans le décor banal d'une plage d'Orient, je le vis passer, impressionnant, dans le nuage de son mystère, parfaitement silencieux. Et c'est bien ainsi qu'il devait être. Il m'incombait de chercher les autres mots convenant à son attitude avec toute la sympathie dont j'étais capable. Il était un des nôtres." Deux heures durant, il a fait la lecture au vieillard impassible. Impossible de savoir si le malade comprenait ou non. Comme la veille, à la fin d'un chapitre, le jeune homme s'est levé, a pris congé du vieillard et de moi et il est parti. Je suis sorti derrière lui. Je l'ai rattrapé avant qu'il n'entre dans l'ascenseur. Je lui ai demandé ce que le vieillard comprenait de ces séances de lecture à voix haute tous les matins – je voulais savoir ce que mon père pouvait comprendre de ce que je lui disais. "Je lis toujours les mêmes choses. Les textes qu'il aimait le plus. C'est le moins que je puisse faire", a répondu le jeune homme et il est parti.

Ma sœur est arrivée à l'heure du déjeuner, comme la veille. Je suis sorti faire un tour, m'aérer la cervelle. Elle m'a dit qu'elle avait un rendez-vous à cinq heures, elle devait partir au milieu de l'après-midi. Quand je suis revenu, je suis resté seul avec mon père et le vieillard qui soudain, pour la première fois depuis que nous étions arrivés à l'hôpital, a commencé à s'agiter. Il disait des choses en anglais qui me semblaient sans queue ni tête. J'ai appelé l'infirmière, qui lui a administré une injection de morphine. Il a dormi toute la nuit. Le matin, le jeune homme est revenu à l'heure habituelle et il a poursuivi sa lecture de *Lord Jim*. Contrairement aux jours précédents, toutefois, au bout d'un certain temps, le vieillard a recommencé à s'agiter et à dire des choses incompréhensibles, obligeant le jeune homme à interrompre sa lecture et à s'approcher du lit pour le calmer. L'Américain se débattait, il voulait se lever. Du peu que je pus comprendre, il disait qu'il attendait une visite, une personne qui pouvait arriver d'un instant à l'autre, sans prévenir, quelqu'un qu'il avait attendu pendant de nombreuses années. Il voulait à toute force aller jusqu'à la porte. Le jeune homme essayait de l'empêcher de se lever. Je lui ai demandé s'il avait besoin d'aide. Il m'a prié d'appeler l'infirmière. Elle est venue et a administré une nouvelle dose de morphine au vieillard qui s'est aussitôt calmé. J'ai demandé au jeune homme ce que le vieillard voulait, mais il n'était guère loquace. Il a répété ce que j'avais déjà compris : "Il dit toujours la même chose. Il attend quelqu'un qui peut arriver inopinément, d'un instant à l'autre. Cette attente finit par m'angoisser moi-même, je commence à regarder sans cesse la porte, croyant que quelqu'un va entrer à n'importe quel moment et je n'arrive plus à lire."

Cela faisait deux nuits que je ne dormais pas. J'ai donc mis du temps à me réveiller le troisième matin. J'ai mis du temps à comprendre que ce que j'entendais ne faisait pas partie de mon rêve. Quand j'ai ouvert les yeux, le vieillard parlait tout seul. On l'avait attaché, il ne pouvait plus s'asseoir ni se lever. Mon père continuait à être immobile, les yeux ouverts et écarquillés, comme si seule la terreur lui restait, sans autre choix. Il ne pouvait même plus mettre fin à sa propre vie. J'ai passé la main sur son front en sueur. Il m'a regardé avec ses yeux horrifiés, mais comme il n'avait pas d'autre expression depuis plusieurs jours, il était difficile de savoir si ce qu'il ressentait était vraiment de l'horreur ou bien si c'était la dernière contraction des muscles de son visage avant qu'ils ne puissent plus bouger. J'ai passé la main sur les cheveux mouillés de mon père et je me suis approché de l'autre lit. Lorsque j'ai écarté les rideaux, le vieillard m'a regardé avec des yeux vitreux et s'est tu. Je lui ai demandé si tout allait bien. Il a continué à me fixer en silence. J'ai répété ma question en anglais. J'ai demandé s'il avait besoin de quelque chose, s'il voulait que j'appelle l'infirmière. Il ne bougeait pas mais il a réussi à balbutier un son, comme s'il voulait dire qu'il allait bien, ou tout au moins c'est ce que j'ai compris ou voulu comprendre au début : "*Well...*" Quand j'ai refermé le rideau, cependant, j'ai entendu un nom derrière moi. Il m'appelait par un autre nom. J'ai ouvert les rideaux et de nouveau j'ai demandé s'il avait besoin de quelque chose. Et il a répété le nom. Il m'appelait Bill ou du moins c'est ce que j'ai compris. Il essayait de tendre le bras vers moi. J'ai pris sa main. Il a serré la mienne avec la force qui lui restait et s'est mis à parler anglais laborieusement mais, en même temps, avec le ton de voix de quelqu'un qui est heureux et émerveillé de revoir un ami : "Qui l'eût dit ? Bill Cohen ! Enfin ! Mon garçon, tu ne sais pas depuis combien de temps je t'attends." Soudain, il a commencé à respirer d'une façon bizarre. Je ne comprenais pas bien et tout cela me rendait nerveux. Je continuais à demander s'il avait besoin de quelque chose, s'il se sentait mal, s'il voulait que j'appelle l'infirmière, et il répétait : "Bill Cohen ! Bill Cohen ! Qui l'eût cru ! Cela fait si longtemps !" chaque fois d'une façon plus rauque et plus incompréhensible, comme si la voix sortait de ses entrailles, comme si quelqu'un parlait pour lui. Il serrait ma main et répétait : "Bill Cohen ! Quel tour tu m'as joué !" Et il haletait de plus en plus. "Je savais bien que tu n'était pas mort !" Ce fut la dernière chose qu'il parvint à articuler avant de tourner de l'œil et d'être pris de convulsions. Je me suis précipité hors de la chambre pour appeler l'infirmière. Quand nous sommes arrivés en courant, il ne parlait déjà plus, on n'entendait plus que sa respiration stertoreuse. L'infirmière m'a demandé de l'aider. Nous l'avons détaché du lit. Il respirait la bouche ouverte, de plus en plus difficilement et avec un bruit de plus en plus effrayant. Les yeux entrouverts. Je n'avais jamais vu un homme mourir.

Le corps fut emporté au petit matin. Le jeune homme avait dû être averti, car il ne vint pas comme d'habitude. Le lendemain, je ne pensais déjà plus au vieillard ni à ce qu'il m'avait dit pendant son agonie. C'était le jour de mon départ. Ma vie a suivi son cours. Mon père est mort trois mois plus tard. Je suis resté trois ans à l'étranger. Cela fait maintenant neuf ans que je suis revenu à São Paulo. Mais ce fut seulement en lisant l'article de l'anthropologue il y a huit mois et en répétant à haute voix ce nom que je ne connaissais pas et qui pourtant me semblait familier : "Buell Quain, Buell Quain", que je me suis souvenu soudain de l'endroit où je l'avais entendu avant et, apportant mentalement la correction orthographique voulue, j'ai découvert de qui parlait le vieil Américain à l'hôpital, qui était la personne qu'il évoquait et qu'il avait attendue si longtemps. Cela m'a beaucoup agité. Il fallait que je parle à l'anthropologue. Pendant que j'essayais de la rencontrer, j'ai téléphoné à ma sœur puis au médecin qui avait réussi à faire hospitaliser mon père et qui maintenant était le directeur de l'hôpital. Il fallait que je trouve quelqu'un dans cette institution charitable qui s'était occupé du vieil Américain pendant sa maladie, il fallait que je sache qui il était. Le médecin me donna le téléphone et l'adresse de la directrice de l'asile où l'Américain avait passé ses dernières années. Il était situé à cinquante kilomètres de São Paulo. C'était une maison de plain-pied, entourée d'une véranda à arcades. Le sol était en ciment brûlé, recouvert de cire rouge. Tout était très simple. Une dame très maigre, blanche, grande m'attendait à l'extérieur de la maison. Nous nous étions parlés au téléphone, bien que je ne lui eusse pas donné beaucoup de détails sur ce que je désirais. Je lui avais simplement dit que j'étais journaliste et que je devais lui parler personnellement. Elle s'appelait Mavis Lowell. Elle portait une robe vert moutarde jusqu'aux genoux avec une ceinture de la même couleur. Elle m'a salué et conduit dans les locaux administratifs de la maison. Elle avait un fort accent. Quatre ou cinq vieillards étaient assis ici et là sur la véranda et dans le jardin. Un seul m'a regardé lorsque nous sommes passés, avec indifférence toutefois. Pour les autres, c'était comme si je n'existais pas ou qu'eux-mêmes n'étaient déjà plus présents. Ils étaient ailleurs. J'essayais d'imaginer ce qu'avait été leur vie, comment ils étaient dans leur jeunesse, les femmes qu'ils avaient aimées, leurs premières amours, qui sont ce que je tente toujours de me représenter, pourquoi ils avaient fini là. Je m'efforçais d'imaginer où pouvaient bien être les personnes qui les avaient aimés et qui ne les aimaient plus ou qui étaient mortes. J'ai demandé si tous étaient américains. Mrs Lowell m'a répondu qu'au début, quand l'asile avait été créé, ils l'étaient tous, mais que maintenant, seulement quelques-uns l'étaient. Sur un coin de pelouse, une jeune fille faisait la lecture à un vieux à l'ombre d'un *jatoba*. Mrs Lowell a senti mon intérêt pour la lectrice.

– Ce sont des jeunes qui s'intéressent à la littérature. Des apprentis écrivains. Il s'agit d'un travail bénévole. Ils aident les gens âgés et pour eux aussi, pour les jeunes je veux dire, c'est très positif. Finalement, les vieux sont des sources d'histoires. C'est bien ce qui vous amène ici, n'est-ce pas ?"

– Plus ou moins, ai-je répondu, sans savoir comment commencer, quand nous sommes entrés dans la maison.

– Mais, vous êtes journaliste...

J'ai acquiescé d'un signe de tête. Nous sommes entrés dans la pièce. Elle m'a indiqué une chaise, a pris place derrière la table en bois et m'a demandé enfin en quoi elle pouvait m'être utile. Je lui ai dit que je cherchais des renseignements sur un vieil homme qui avait habité ici et qui était mort il y avait onze ans. Et il a suffi que je lui dise ce qui m'avait amené à elle pour qu'elle change de ton et se lève sèchement :

– Si j'avais su, je vous aurais évité ce voyage. Vous autres, Brésiliens, vous avez de très mauvaises habitudes. Il faut respecter la vie des gens, respecter leur intimité. C'est leur affaire, et c'est à eux ou à leur famille de décider de la rendre publique ou non. Nous n'avons pas d'argent, mais ce n'est pas parce que nous manquons de ressources que nous allons attenter à la vie privée de nos pensionnaires. Nous n'avons pas besoin de nous abaisser pour avoir un espace dans les journaux.

J'ai essayé vainement d'argumenter. Mrs Lowell m'attendait déjà, la main sur la poignée de la porte ouverte. A peine arrivé, j'étais déjà flanqué dehors. Elle était offensée et déçue. J'ai compris alors qu'elle avait peut-être cru que je voulais écrire un article sur son institution, puisque je m'étais présenté comme journaliste au téléphone pour obtenir un rendez-vous. Ils étaient en faillite, ils avaient besoin de dons. On les avait oubliés. Elle a dû croire que je pourrais être un moyen de leur procurer de l'aide, jusqu'au moment où je lui ai dit ce qui m'amenait. Elle m'a demandé si j'avais besoin que quelqu'un m'accompagne jusqu'à ma voiture. Je connaissais le chemin. Je sortis de là, contrarié par ma maladresse et mon incapacité de la convaincre de me révéler ce que je souhaitais savoir. Tout ce que j'aurais pu apprendre s'était évanoui en quelques secondes. Je suis passé de nouveau devant le vieillard sur la véranda qui m'avait regardé quand j'étais entré. Il ne me regardait plus. Je me suis dirigé vers ma voiture et j'étais prêt à monter dedans, la porte était ouverte, lorsque, me tournant vers la pelouse, j'ai aperçu la jeune fille qui lisait à un monsieur sous le *jatoba*. Ce fut comme une apparition. J'ai claqué la portière et je me suis avancé vers elle. Elle lisait un conte de Machado de Assis en portugais, dans l'original, au vieux monsieur en pyjama bleu ciel, installé dans une chaise longue, une couverture sur les jambes. Elle a interrompu sa lecture quand elle a senti ma présence et elle a levé le visage, comme pour demander ce que je voulais. Elle n'avait pas l'air très sympathique. Elle avait des cheveux châtain foncé qui lui tombaient jusqu'au milieu du dos. Et soudain, sans avoir rien prémédité, je lui ai dit que je cherchais quelqu'un qui puisse lire en anglais à un vieil invalide. Je lui ai dit que mon voisin était prêt à payer ce qu'il faudrait. Je lui ai demandé si elle se chargeait de ce genre de travail ou si elle connaissait quelqu'un qui pourrait le faire. Elle m'a regardé un instant, puis a répondu qu'elle verrait et me téléphonerait. Je lui ai donné mon numéro. Elle ne m'a pas communiqué le sien. Tout dépendait maintenant de la chance. J'ai repris quelque espoir lorsqu'elle m'a appelé le lendemain pour me dire qu'elle pouvait se charger de cette tâche. Nous nous sommes donné rendez-vous dans mon appartement. Je préférais ne pas m'expliquer par téléphone, maintenant que j'étais échaudé par la réaction de Mrs Lowell. Ce n'est qu'en lui ouvrant la porte que j'ai remarqué combien elle était petite. Ses cheveux étaient ramassés en une tresse. Cette fois, j'étais décidé à ne rien laisser au hasard. Je ne pouvais pas courir de risque. J'ai inventé, disant que le voisin dormait en ce moment et qu'elle le verrait la semaine suivante, quand les séances de lecture commenceraient, trois fois par semaine, comme nous en sommes convenus (la veille du premier rendez-vous, je lui téléphonerais pour lui dire que le voisin était mort dans la nuit). Nous nous sommes mis d'accord sur le prix. Je lui ai dit que c'était moi qui paierais, que c'était un geste de solidarité, cela me fendait le cœur de voir le vieil étranger abandonné sur une terre qui n'était pas la sienne. J'ai poursuivi ainsi la conversation jusqu'à en venir là où je voulais. Je lui ai dit que je ne m'étais jamais remis d'avoir vu un vieil Américain mourir dans mes bras, à l'hôpital, à côté de mon père. Je lui ai raconté plus ou moins l'histoire, sans donner de détails ni révéler mes véritables objectifs. J'ai dit qu'un jeune homme faisait la lecture au vieillard tous les matins et que cette scène m'avait beaucoup impressionné. Avant même de lui demander qui il pouvait bien être, elle a murmuré le nom du garçon : "C'était Rodrigo. Je l'ai remplacé à l'asile. Il m'avait donné le tuyau. Il donnait un cours à la faculté de lettres auquel j'ai assisté." J'ai laissé passer la remarque et elle a fini par prononcer le nom complet du jeune homme, disant qu'il était à présent traducteur dans une société chimique. J'ai mémorisé le nom de l'entreprise et nous nous sommes dit au revoir.

Je ne l'aurais pas reconnu. Il avait pas mal changé. Lui non plus ne se souvenait pas de moi, bien qu'il se rappelât vaguement le voisin de chambre à l'hôpital, arrivé trois jours avant la mort du vieil Américain, "un type avec une maladie au cerveau", mon père. J'aurais été incapable de reconnaître ce garçon parmi les clients du bar où nous nous étions donné rendez-vous. En onze ans, le temps s'était montré cruel. Il était plus gros et chauve, avec des cheveux grisonnants sur les tempes. Et pourtant il ne devait pas avoir plus de trente-cinq ans. Je lui avais dit au téléphone que je porterais une chemise rouge, ce qui a suffi pour qu'en me voyant perdu et hésitant, il m'adresse un signe discret d'une table au fond. Je n'y suis pas allé par quatre chemins. Je lui ai raconté toute l'histoire. J'avais besoin de faire confiance à quelqu'un et que lui se fie à moi. Il a été d'emblée si intéressé lorsque je lui ai parlé de l'article de l'anthropologue dans la revue qu'il m'a immédiatement dit ce qu'il savait du vieil Américain mort dans le lit d'hôpital à côté de mon père. Il était photographe, s'appelait Andrew Parsons et était venu au Brésil probablement avant l'entrée en guerre des États-Unis en 1940. Il n'était plus jamais retourné chez lui. A plusieurs reprises, le vieil homme lui avait montré d'anciennes photos, des années 30 et 40, d'une plage près de New York et d'une tribu d'Indiens, probablement de l'intérieur du Brésil. "Quand j'ai commencé à faire la lecture aux vieux dans l'asile, c'était avec lui que je me sentais le plus à l'aise. C'était un homme de haute taille et silencieux, une présence qui en imposait. Il n'avait personne ici ni où que ce soit. Son fils n'est apparu qu'après sa mort. Un employé avait déposé le vieux à l'asile et avait disparu, probablement avec l'argent qui lui restait. Ils l'ont gardé là-bas par charité, car ils ne savaient pas quoi faire de lui. Quand il est tombé malade, les missionnaires ont réussi à le faire hospitaliser presque gratuitement. Comme les autres, il parlait peu. Je lui faisais la lecture et il écoutait. Vers la fin, à l'hôpital, il m'interrompait souvent et montrait la porte : 'Il est arrivé ?' Délicatement, tout en sachant que la réponse n'aurait pas de sens, je demandais : "Qui ?", ne serait-ce que pour le garder en vie et entretenir son intérêt, ce qui était la raison de ma présence à ses côtés. C'était très triste. Et lui, qui ne parlait jamais ou qui parlait avec d'énormes difficultés, rassemblait toutes les forces qui lui restaient pour dire avec une diction parfaite : 'J'attends depuis des années. Allez les prévenir qu'ils le laissent entrer quand il viendra.' J'en restais paralysé et il insistait : 'Allez, allez tout de suite. Je ne veux pas qu'on le laisse attendre.' Puis il oubliait ce qu'il avait dit, fermait les yeux et retombait dans son état d'apathie, ou peut-être était-ce de la résignation. Parmi ses seuls biens à l'asile, il y avait une valise pleine de photographies. Au début, je connaissais seulement l'existence de la valise par ouï-dire car le vieux la gardait fermée à triple tour et il ne l'ouvrait que quand bon lui semblait, jamais en réponse à une demande. Au bout de plusieurs mois seulement, à force de lui lire toujours les mêmes histoires, celles qu'il préférait, *Le Compagnon secret* et *Lord Jim* de Joseph Conrad, ou le passage où Melville disserte sur le blanc – la couleur blanche – dans *Moby Dick*, il m'a enfin demandé de l'aider à descendre la valise du haut d'une armoire. J'ignore à quel point ce livre et la digression sur le blanc peuvent avoir contribué à réveiller son envie de revoir les photos. Il ne m'a pas laissé les regarder toutes (et d'ailleurs elles étaient très nombreuses). Il a fait un choix, ne m'en a tendu que quelques-unes. C'était des photos d'Indiens." J'ai demandé de quelle tribu ils étaient, mais il n'a pas su répondre. "Il y avait aussi des photos d'un groupe de jeunes sur la plage. Les garçons avaient enroulé des pièces de tissu autour de leur taille. Un jour qu'il me montrait ces photos, il a bredouillé quelque chose en anglais, du genre 'les plus beaux enfants du monde', mais j'ai peut-être mal compris. C'étaient effectivement des photos très séduisantes. Il m'a tendu les photos d'une dame – peut-être sa mère – et d'une jeune fille, j'ai imaginé qu'il s'agissait de sa femme, mais c'était peut-être sa fille ou même sa femme quand elle était jeune. Ce n'était pas des photos conventionnelles. C'était les photos d'un artiste. Quand j'ai demandé au début s'il était photographe, il a été blessé que je puisse en douter. Il a dit que c'était des photos très anciennes, d'un monde disparu. Une fois, il est resté immobile, la photo d'un jeune homme à la main. C'était un garçon en caleçon de bain, un sac sur le dos, cheveux mouillés et yeux écarquillés par la peur sur le seuil d'une porte, sur un fond clair. C'est la première fois que je l'ai vu sourire en tenant la photo et en répétant : *'Well, well, well.'* Il m'a donné une de ces photos. Elle représentait un bébé. J'ai demandé qui c'était et il a répondu que c'était moi." Le jeune homme a interrompu son histoire et m'a souri, les yeux baissés, tout en avalant une gorgée de bière. Pour autant qu'on sache, le vieux photographe avait laissé seulement un fils aux États-Unis qui n'est apparu qu'après la mort de son père pour s'occuper des aspects juridiques et recueillir les biens laissés par le vieillard, en réalité rien d'autre que la valise remplie de photographies et de papiers. J'ai demandé s'il savait quel genre de documents il gardait dans sa valise. La question était sotte, mais il fallait que je découvre quelque chose. Je faisais de mon mieux. Tout avait été remis à son fils. J'ai demandé s'il savait comment je pourrais le rencontrer. Et à ma surprise, il m'a répondu qu'il devait encore avoir son adresse chez lui, dans un vieux carnet, car il avait dû lui envoyer, un an après la mort du photographe, la photo du bébé que le vieux avait insisté pour lui offrir quand il commençait à dérailler, disant que c'était lui, et que le jeune homme avait oubliée entre les pages d'une édition populaire de *Moby Dick*, en guise de signet. Une année plus tard, ouvrant le livre au hasard, il avait découvert la photo et pensé qu'elle pourrait intéresser le fils à New York. Il obtint son adresse auprès des missionnaires de l'asile. Il a dit qu'il m'appellerait quand il serait de retour chez lui pour me donner l'adresse. Il ne savait rien de plus.

En possession de l'information, j'ai écrit au fils du photographe à New York pour tenter d'éclaircir la relation entre le vieux et Buell Quain, pour autant qu'il y en eût une, car à aucun moment je n'ai cessé de soupçonner qu'il se pouvait, encore que ce fût peu probable, que je me trompe ou que je délire. J'avais peut-être mal entendu, les mois qui précédèrent la mort de mon père furent particulièrement tendus et j'avais la tête à l'envers. J'ai attendu en vain une réponse. Entre-temps ma recherche m'a mené sur d'autres fronts : j'ai fouillé les archives d'Heloísa Alberto Torres, je suis allé à Carolina et j'ai rendu visite aux Krahô. En revenant du village sans réponse, en septembre, je me suis dit que seule la famille de Quain pourrait me dévoiler ce qui manquait à mon puzzle. Tout ce qu'il me fallait, c'était le contenu d'une supposée huitième lettre, en plus de celles que l'ethnologue avait envoyées à son père, à un missionnaire et à son beau-frère avant de mourir (pourquoi n'aurait-il pas écrit plutôt à sa sœur ? Ou bien aurait-il écrit une huitième lettre à sa sœur ?) et d'un éventuel journal que, d'après sa mère, il tenait toujours. La huitième lettre et le journal expliqueraient tout. Aussi bien l'une que l'autre, pour autant qu'ils existent encore, ne pouvaient se trouver que dans la famille. Outre le père et la mère, qui étaient morts, il y avait la sœur aînée, Marion, le beau-frère Charles et les deux neveux dont j'ignorais les noms. Si la sœur et le beau-frère étaient encore en vie, ce qui était peu probable, ils auraient plus de quatre-vingt-dix ans. Et leurs enfants, la "petite" et le "petit", soixante-treize et soixante-neuf ans respectivement, d'après ce que j'avais lu dans une lettre de la mère de Quain datant de 1943. La "petite", si elle s'était mariée, ne porterait plus le nom de son père, ce qui réduisait considérablement mes chances de la retrouver. Le neveu était mon objectif le plus sûr, ou ses enfants et petits-enfants. J'ai essayé de les trouver par tous les moyens. Sur des sites généalogiques, dans des programmes de recherche de personnes sur Internet et enfin, après plusieurs tentatives stériles, par la méthode la plus archaïque de toutes : en envoyant des lettres à tous les abonnés portant le nom de Kaiser dans les annuaires téléphoniques de Chicago, de Seattle ou de l'État de l'Oregon, les trois pistes sur l'adresse possible de Marion Quain Kaiser et de sa famille que j'ai pu tirer de la lecture des lettres de la mère à dona Heloísa. Il n'y avait plus un seul Quain dans le Dakota du Nord sur l'un des quelconques annuaires auxquels j'ai eu accès. J'ai choisi plusieurs Quain à Chicago, Seattle et aussi dans l'Oregon, pour plus de sûreté, et je leur ai envoyé la même lettre. Cependant, avant d'entreprendre cette tâche archaïque, j'ai téléphoné en désespoir de cause à une amie à New York qui m'a mis en contact avec une productrice de télévision réputée pour arriver à débusquer ce que personne ne réussissait à découvrir. Elle portait un nom exotique. Elle était fille d'Indiens qui avaient émigré au Canada. Nous avons échangé quelques e-mails et nous étions déjà arrivés plus ou moins à un accord sur le coût et le temps de la recherche (comme elle était employée par une grande chaîne de télévision, elle devait travailler pour moi pendant ses heures de loisir), lorsque deux avions de ligne, sous les yeux stupéfaits de toute la planète, sont entrés dans les deux tours du World Trade Center et les ont démolies. Les journaux disaient que le monde ne serait plus jamais le même. Le fait est que je n'ai plus jamais réussi à parler à la productrice. Je n'avais plus le choix, il me fallait recourir à la solution des lettres. J'en écrivis plus de cent cinquante et je les envoyai à tous les Kaiser et à tous les Quain que j'ai trouvés dans l'annuaire téléphonique de Chicago, de Portland et de ses environs, de l'Oregon et de Seattle. Et par une coïncidence malheureuse, toute cette correspondance est arrivée à ses destinataires au moment précis où les États-Unis furent pris de panique à cause d'envois d'anthrax dans des lettres anonymes expédiées par la poste à des personnalités des médias et de la politique américaine et même à de paisibles citoyens.

J'ai encore essayé de contacter une ultime fois la productrice de télévision. Tentative vaine. Pour couronner le tout, la chaîne dans laquelle elle travaillait fut la première grande chaîne à recevoir une lettre contaminée, ouverte justement par une productrice dont l'identité ne fut pas révélée et qui était actuellement en traitement. Aux cent cinquante lettres envoyées, j'ai reçu à peine une vingtaine de réponses, toutes par e-mail, certaines aimables, d'autres moins, mais toutes niant une parenté quelconque avec les Kaiser que je recherchais. Je ne sais pas si l'un des quelconques individus à qui j'ai envoyé mes lettres a soupçonné un acte terroriste et ne m'aura pas dénoncé au FBI. Qui sait si l'un d'eux n'a pas refusé de lire ma lettre pour cette raison ? Qui sait si l'un d'eux n'était pas effectivement un parent de Quain qui a simplement préféré m'ignorer pour des raisons qui me sont inconnues mais que je peux imaginer – une méfiance quant à mes véritables motifs, la détermination de sauvegarder la vie privée de la famille ou un simple manque d'intérêt à l'égard d'une affaire close depuis soixante-deux ans et qu'un étrange et douteux journaliste d'Amérique du Sud tentait de ressusciter ? Tout ce que je sais, c'est que quand des lettres contenant la bactérie assassine ont commencé à surgir dans les rédactions des chaînes de télévision et dans les bureaux de députés et de gouverneurs américains, j'ai compris que je ne pourrais plus recourir à la poste comme j'avais envisagé de le faire en une deuxième phase, pour essayer de localiser des parents de Quain dans d'autres coins des États-Unis. J'avais les mains liées. Par une synchronie malheureuse, le terrorisme écarta à tout jamais la possibilité d'approcher des Américains que je ne connaissais pas, pour des raisons qui désormais leur sembleraient encore plus suspectes et plus invraisemblables.

Mes lettres ont commencé alors à me revenir. Peu à peu, vingt et une me furent renvoyées. La dernière est arrivée d'une façon un peu inusitée au bout de deux mois, après avoir été "expédiée par erreur en Malaisie", d'après le cachet apposé à côté de l'adresse du destinataire. De surcroît, la partie inférieure de l'enveloppe avait été amputée, comme si à un moment quelconque du parcours, quelqu'un avait décidé d'examiner son contenu. J'avoue que pendant un instant, en contemplant avec perplexité la lettre renvoyée, j'en suis arrivé à envisager, dans ma paranoïa, la possibilité que le découpage circulaire et uniforme au bas de l'enveloppe ait été fait non pas pour en examiner le contenu, mais pour y introduire quelque chose, et j'ai couru me laver les mains et me moucher.

En revanche, tout semblait converger et me mener de nouveau au fils du photographe que j'avais provisoirement délaissé, après n'avoir reçu aucune réponse à ma lettre. Pendant un certain temps, j'avais privilégié les pistes que l'anthropologue m'avait fournies et qui au début m'avaient semblé les plus prometteuses. C'est alors que, lorsque j'eus épuisé tous les moyens de trouver ce qui me manquait – ce que j'ai appelé la huitième lettre, à supposer qu'elle existât vraiment, ce qui donnerait un sens à toute l'histoire et plus spécifiquement au suicide, après avoir déjà découvert un vaste matériel qui me rapprochait en cercles concentriques de Buell Quain, sans jamais le déchiffrer réellement ni approcher du centre de son désespoir, j'ai décidé de reprendre ma recherche du fils du photographe, cette fois en personne. Je lui écrivis de nouveau, lui demandant si je pouvais lui rendre visite. Et cette fois, malgré la paranoïa qui régnait au États-Unis, il me répondit. Et il me parut très raisonnable, bien qu'il refusât de me recevoir. Il dit qu'il savait seulement que son père était allé au Brésil peu de temps avant l'entrée des États-Unis dans la Seconde Guerre mondiale, sans fournir d'explications, et il n'a plus jamais donné de nouvelles, d'où la famille avait conclu qu'il était devenu fou ou qu'il avait déserté. Il n'a entendu parler de son père que lorsque ce dernier était à l'article de la mort et que les missionnaires responsables de l'asile lui ont écrit. Ils lui demandaient de s'occuper des questions juridiques et administratives. Il n'avait jamais entendu parler d'un ethnologue quelconque, il n'avait aucune idée de qui pouvait être Buell Quain et donc il ne pouvait pas m'aider dans ma recherche. Il ne possédait aucun document susceptible de m'intéresser. Il n'avait rien d'autre à me dire et me demandait de ne plus le contacter. A ce stade, après des mois passés sur des documents d'archives, des livres et des annotations de gens qui n'existaient pas, j'avais besoin de voir un visage, ne serait-ce que comme antidote à l'obsession sans fond et sans fin qui m'empêchait de commencer à écrire mon prétendu roman (ce que j'avais dit à bien des gens), qui me laissait paralysé, dans la crainte que la réalité soit immanquablement plus terrible et plus surprenante que ce que je pouvais imaginer et qui ne se dévoilerait que lorsque ce serait trop tard, une fois la recherche finie et le livre publié. Car à présent, j'étais réellement prêt à en faire une œuvre de fiction. C'était tout ce qui me restait, faute d'autre chose. Mon plus grand cauchemar était d'imaginer les neveux de Quain débarquant inopinément, des gens que j'avais toujours eus sous les yeux sans les voir, m'apportant sur un plateau la solution de toute cette histoire, la vraie raison du suicide, l'évidence qui ferait de mon livre un artifice risible. Le seul indice que la famille ignorait elle aussi ces raisons était la lettre de la sœur à Ruth Benedict, un mois après le suicide de Quain : "Le fait qu'aucun de nous ne saura probablement jamais ce qui s'est passé nous empêche encore davantage de nous en détacher", et cependant rien ne me garantissait qu'elle n'avait pas aussi ses raisons pour cacher la vérité, ou qu'elle n'avait pas éventuellement découvert les faits après avoir écrit la lettre. J'avais besoin d'un visage réel, de quelqu'un qui ait un rapport, fût-il lointain, avec les personnages de l'histoire et qui, même sans rien me révéler que je ne sache déjà, puisse faire office d'ancre, m'empêchant de continuer d'errer à la dérive dans ces limbes, quelqu'un qui me réveille de cet état diffus, qui me sorte de ce puits de suppositions non vérifiées. A la vérité, rien ne me prouvait que le vieux photographe ait eu une relation quelconque avec Buell Quain, ni même qu'il l'ait connu, en dehors du fait d'avoir prononcé son nom avant de mourir – si tant est qu'il l'ait vraiment prononcé. Il pouvait simplement avoir entendu parler de Buell Quain et s'être intéressé, comme moi, à cette histoire, au point d'être venu au Brésil pour enquêter dessus, comme moi j'allais maintenant aux États-Unis. J'avais pris l'avion pour New York avec au moins une certitude: à savoir que, si je ne découvrais rien de plus, je pourrais enfin commencer à écrire le roman. Dans l'état de curiosité morbide où je m'étais laissé tomber, je croyais que le personnage du fils du photographe pourrait enfin me désenvoûter.

La fiction a commencé le jour où j'ai mis les pieds aux États-Unis. L'édition du *New York Times* du 19 février 2002, distribué à bord de l'avion, annonçait les nouvelles stratégies du Pentagone: diffuser des nouvelles – même fausses, en cas de besoin – par les médias internationaux; "influencer les audiences étrangères" par tous les moyens possibles. Je n'étais pas retourné à New York depuis dix mois. La dernière fois avait eu lieu cinq mois avant l'attentat du 11 septembre. Je n'avais pas vu la ville sans les tours. Je ne pouvais pas aborder le fils du photographe à l'improviste. Il avait indiqué clairement qu'il n'avait pas l'intention de me recevoir. Je ne pouvais pas lui téléphoner et lui dire que j'étais en ville pour le voir. Il fallait le prendre au dépourvu. Je devais faire preuve de patience. Et j'y étais prêt. J'étais disposé à rester tout le temps nécessaire. Je ne pouvais pas laisser passer la chance quand elle se présenterait. Je ne pouvais pas prévoir qu'elle se manifesterait si vite et que ce serait si facile. J'ai échafaudé mille plans. Avant tout, je devais pouvoir le reconnaître, or je ne l'avais jamais vu. Je connaissais plus ou moins son âge, il était né avant que le photographe ne parte au Brésil, avant-guerre, il devait avoir au moins soixante-trois ans. Dès le premier après-midi, je suis allé repérer l'immeuble où il habitait, qui n'avait pas de concierge. J'ai fait un tour de reconnaissance dans le quartier, je suis passé dans sa rue en me dissimulant, puis, après avoir beaucoup hésité, j'ai sonné à l'interphone pour m'assurer qu'il était chez lui. J'avais envisagé de sonner et de rester muet, ne serait-ce que pour entendre sa voix. Une voix m'a répondu, celle d'un homme qui ne semblait pas particulièrement vieux, ce pouvait être la sienne ou non, peut-être celle d'un fils, et c'est alors que j'eus l'idée d'inventer une histoire quelconque, que j'avais un paquet à lui remettre, par exemple. Il fallait que je le voie, même si pour cela je devais le faire descendre pour me cacher aussitôt derrière une voiture. Je l'observerais de l'autre côté de la rue. Je ne pouvais pas rater cette occasion. J'ai demandé M. Schlomo Parsons. C'était lui-même. Et avant que je ne puisse ajouter quoi que ce soit, il a ouvert la porte et m'a prié de monter. Je suis resté interdit un instant, tenant la porte ouverte, sans comprendre ce qui arrivait, sans parvenir à avancer. J'ai fini par entrer dans l'immeuble et j'ai pris l'ascenseur. Mon cœur battait à se rompre. En arrivant au septième étage, je me suis dirigé vers la porte entrouverte au bout du corridor d'où venait une lumière. Il avait entendu le bruit de mes pas et m'a crié d'entrer. L'appartement était bourré d'objets et de livres, de tapis et de meubles. Trois hautes fenêtres donnaient sur la rue et en biais sur les arbres du parc. Un labrador jaune m'a accueilli en frétillant de la queue. Le maître de maison a crié de la chambre qu'il avait besoin de mon aide. La chambre était blanche, avec des murs nus. Au milieu, un grand matelas couvert de draps blancs en désordre occupait presque tout l'espace. Un soleil de fin d'après-midi entrait par la fenêtre. Schlomo Parsons était assis sur un coin du matelas, penché sur une boîte en carton qu'il essayait de fermer avec du ruban adhésif. Sans lever la tête ni me regarder, il a demandé si j'avais amené le diable. “Elle est très lourde. Vous n’arriverez pas à la descendre sans le diable”, a-t-il dit avant de me demander de l’aider avec le ruban adhésif. “Laissez-moi faire”, ai-je répondu, prenant les devants. Alors seulement il m’a regardé, en silence. Et il s’est levé. C’était un type grand et maigre, avec des cheveux blancs crasseux, un visage anguleux et une peau brûlée, marquée par le soleil, bien que nous fussions en plein hiver. Maintenant, le labrador était assis à côté de lui. J’ai passé le ruban autour du carton. J’ai renforcé les côtés les plus faibles. “Vous n’êtes pas américain, n’est-ce pas?” Je me suis tourné vers lui. Il n’avait pas les yeux clairs et délavés du photographe. Je n’arrivais pas à décider quelle était la meilleure tactique. Je pouvais jouer l’agressif, le spirituel, rétorquer à sa question par une blague si j’avais eu assez de présence d’esprit, la seule chose qui m’était interdite, c’était d’être honnête. Je ne pouvais pas dire qui j’étais, ni d’où je venais. “Vous venez d’où?” Et alors, sans prendre le temps de réfléchir, comme si quelqu’un m’avait devancé et parlait pour moi, au lieu de mentir j’ai dit la vérité. Et il a ouvert les yeux tout grand: “Du Brésil?” J’ai confirmé de la tête, regrettant déjà un peu. Je ne savais pas ce qui m’avait pris. J’ai cru que j’avais tout gâché. J’ai continué à sceller le carton. Au bout de quelques secondes de silence, qui m’ont paru des minutes, il s’est exclamé enfin: “On dirait une plaisanterie!” Il était perplexe. “Le Brésil! Ce pays me poursuit.” J’ai souri, faisant celui qui ne comprenait pas. J’ai demandé ce qu’il voulait dire et s’il connaissait le Brésil. “Malheureusement oui”, a-t-il répliqué. Dans d’autres circonstances, je m’en serais tenu là si on m’avait sorti une phrase de ce genre, mais maintenant je savais que j’étais sur la bonne voie. Je lui ai demandé s’il était allé au Brésil pour affaires. Il m’a dévisagé d’un regard sarcastique, yeux écarquillés. Mon insistance devait l’étonner. “Pour affaires? Elle est bien bonne, celle-là!” J’étais déterminé. Après tout, j'avais réussi à entrer, sans y être invité, dans la maison de l'homme que je cherchais depuis des mois et à lui parler dès mon premier après-midi en ville. Il m'a demandé pourquoi je m'étais installé à New York et pendant que j'inventais une réponse prolixe, avec des pauses pour renforcer la boîte, feignant une habileté professionnelle qu'évidemment je ne possédais pas, je me suis aperçu que c'était un homme solitaire qui s'intéressait réellement à ce que je pouvais lui dire. A partir de cet instant, mes paroles n'auraient aucune importance. Je pouvais dire ce que je voulais, mes propos pouvaient n'avoir aucun sens, mais en aucun cas je ne pouvais dire la vérité. Seule la vérité gâcherait tout. En cinq minutes, il m'avait déjà raconté une foule de choses à propos de ce qu'il avait mis dans ce carton, des tas de trucs qu'il restituait à un vieil ami qui avait déménagé à Chicago. Il m'a donné à entendre qu'ils avaient vécu ensemble. Je crois qu'il me testait. Tout à coup il m'a tendu la main, s'est présenté (comme si je ne savais pas qui il était) et m'a demandé mon nom. J'en ai inventé un. Depuis que j'avais écrit la première lettre au fils du photographe, il y avait plus de neuf mois, son nom s'était gravé dans ma tête. Il y avait une incongruité. Ce nom avait une résonance erronée, si tant est qu'un nom puisse avoir une résonance erronée. Schlomo est un prénom juif typique et le nom de Parsons, à ma connaissance, n'avait rien de juif. Il a ri et m'a expliqué. "C'est l'histoire de ma vie. Il semblerait que ma mère avait un faible pour les juifs. De toute façon, je ne l'ai pas connue. Elle est morte quelques mois après ma naissance. Je pense que sa famille était juive, des émigrants ukrainiens. Mais je n'en suis pas sûr. Je ne les ai pas connus. J'ai été élevé par mes grands-parents paternels." Peu à peu, l'histoire se révélait à moi. Il a dit qu'il avait cinquante-sept ans, mais je savais que ce n'était pas possible, il était né avant-guerre, il devait avoir soixante-trois ou plus. Il mentait sur son âge.

A le voir, on n'avait pas l'impression que c'était un mensonge. C'était même vraisemblable. Il avait une forte présence et un visage bien dessiné. Il avait dû être bel homme. Il a parlé des vieux en général. Il avait dû remarquer ma gêne et a donc décidé de me provoquer. Il m'a dit que tout était relatif. Il a raconté que lui-même, en quittant sa famille à dix-sept ans, était allé vivre avec un homme plus vieux, qui, à l'époque, devait avoir l'âge que j'avais aujourd'hui. Il m'a demandé mon âge. Il a feint la stupéfaction. Il a déclaré que je faisais bien plus jeune. L'homme plus âgé avec qui il était allé vivre à l'âge de dix-sept ans était bien plus jeune à l'époque que moi à présent. Tout est relatif. J'avais fini de fermer le carton et il m'a aidé à le porter jusqu'à la porte. Avant que je ne parte, il m'a invité à prendre un café. Je l'ai suivi dans la cuisine. Pendant qu'il se lavait les mains dans l'évier, il a fermé les yeux un instant pour se protéger de la lumière qui entrait par les fenêtres et le plus bizarre fut que, pour le première fois, en le voyant les yeux clos contre la lumière du soleil hivernal, j'ai eu une espèce d'hallucination. Sous un certain angle, j'ai trouvé qu'il ressemblait à Buell Quain sur une des photos que sa mère avait envoyées à dona Heloísa, le portrait que l'ethnologue avait offert à Maria Julia Pourchet avec une dédicace au verso. Il a baissé le store et m'a souri. Il m'a demandé pourquoi je faisais cette tête, j'avais l'air d'avoir aperçu un fantôme. Je ne savais plus comment m'en sortir. Tout en voulant disparaître, je ne pouvais pas partir sans finir ce que j'étais venu faire. Je devais prolonger ma visite, qui me semblait déjà insoutenable, même si cela n'avait aucun sens de rester dans cet appartement.

Remarquant mon embarras, pendant que j'étais assis à la table de la cuisine, il a dit qu'il y avait une chose qui pouvait m'intéresser puisque j'étais brésilien. Il est allé au salon et en est revenu avec un classeur qu'il a ouvert sur la table. Il contenait une masse de photos du Brésil dans les années 50 et 60 : des bacs sur une rivière qui pouvait être le Tocantins ; des défilés de carnaval à Rio ; une fête de Iemanja à Salvador ; la vieille ville de São Luis ; une vue panoramique de Rio du haut du Pain de Sucre quand l'Aterro n'existait pas encore ; les inévitables pilotis du bâtiment du ministère de l'Éducation et de la Santé au centre de la ville ; l'édifice Italia et le Copan à São Paulo, etc. Il m'a montré des photos d'Indiens. Ils avaient l'air krahô, mais ils pouvaient être d'une autre tribu. "Mon père était photographe. Il a passé sa vie au Brésil. Ce sont des Indiens brésiliens. Vous ne les reconnaissez pas ?" Je préférais ne pas le fâcher, je ne savais pas s'il était ironique ou non, mais le fait est qu'il avait un ton paternaliste. J'ai choisi d'ignorer les provocations. J'ai examiné les photos tout en tentant de réprimer ma curiosité. Je ne pouvais laisser paraître mon intérêt. J'ai senti qu'il avait besoin de parler et je me suis efforcé de lui faciliter la tâche.

– Votre père a vécu au Brésil ? ai-je demandé en examinant les photos.

– C'est une longue histoire. En réalité je ne l'ai pas connu. Il nous a abandonnés tout de suite après la mort de ma mère.

– Il *nous* a abandonnés ?

– J'ai été élevé par mes grands-parents. Les parents de mon père. Ils n'aimaient pas ma mère et, indirectement, ils ne m'aimaient pas non plus. Je leur ai été imposé.

– Pourquoi votre père est-il allé au Brésil ?

– Personne n'a jamais su exactement. Mes grands-parents n'ont jamais voulu en parler. Il travaillait pour un quotidien. Il était peut-être allé faire un reportage. Comme il a disparu à la veille de la guerre et qu'il n'est jamais revenu, le bruit courait qu'il avait déserté, qu'il avait décidé de ne pas rentrer quand la guerre a éclaté. Ma mère est morte moins d'un an après ma naissance. Elle a eu une leucémie foudroyante, une maladie très rare. C'est ce qu'on m'a dit. Elle non plus, je ne l'ai pas connue. Mon père est parti peu après, a-t-il dit. C'est la seule photo que je possède.

C'était une femme maigre, aux yeux cernés, au visage fin très maquillé, aux cheveux ramassés en arrière. Elle n'était pas particulièrement jolie. Elle louchait et avait un air étrange que j'étais incapable de définir. Une expression triste. Il a poursuivi :

– Mon père m'a confié à ses parents et il a disparu. J'ai toujours détesté mes grands-parents. Quand j'ai eu dix-sept ans, mon grand-père m'a appelé et a déclaré que je devais connaître quelques vérités. Ma grand-mère était très passive. Elle se cantonnait toujours dans l'ombre de son mari et écoutait ce qu'il disait. Mon grand-père tenait un papier à la main. Je n'ai jamais compris s'ils avaient attendu jusqu'à ce jour pour me révéler ce qu'ils avaient toujours su ou si eux aussi avaient été pris au dépourvu, comme moi. Mon grand-père a traité ma mère de putain, a dit qu'elle avait toujours été une gourgandine, que je n'étais pas le fils de mon père et que par conséquent il n'y avait aucune raison pour que je continue à vivre avec eux. J'étais le fils de la pute. Je pouvais m'attendre à tout de leur part, mais je n'aurais jamais imaginé une histoire pareille. Je ne croyais pas qu'ils fussent capables de me chasser. Mon grand-père était furieux, bouleversé et tremblant. Moi aussi, je suis resté muet. Il m'a tendu le papier. C'était une lettre de mon père, la première qu'il envoyait en dix-sept ans. Elle m'était adressée, mais ils l'avaient ouverte et lue. Il n'y avait ni enveloppe ni date. J'ai pensé qu'ils avaient peut-être fait un faux, écrit la lettre eux-mêmes. Je ne connaissais pas l'écriture de mon père. Ils voulaient se débarrasser de moi et savaient quelle serait ma réaction. J'ai quitté cette maison pour toujours. Je ne les ai plus jamais revus. Dans la lettre, mon père disait qu'il n'était pas mon père et me demandait pardon. Il pensait que j'étais à présent un petit homme et qu'il fallait que je sois informé de ces choses. Il disait qu'il ne m'avait pas abandonné, que mon vrai père était mort au fin fond du Brésil quand il essayait de revenir pour me connaître. Je n'ai jamais compris ce qu'il voulait dire exactement par là. Il parlait comme s'il était deux personnes. Il parlait de lui-même comme s'il était un autre.

Le fils du photographe parlait pendant qu'il faisait du café. Je ne parvenais plus à regarder les photos que j'avais entre les mains. Je n'en croyais pas mes oreilles. Ce ne sont pas seulement les Indiens qui disent ce que vous voulez entendre, croyant ainsi vous faire plaisir, comme si la réalité n'existait pas. Il a poursuivi :

– Ma thèse c'est qu'il est devenu fou à la mort de ma mère et qu'il est parti au Brésil. C'était une façon de dire qu'il ne pouvait plus me voir. Quand il disait que mon père était mort, c'était une façon désespérée de me demander de l'oublier, de s'affranchir de toute responsabilité.

Sans pouvoir me retenir, j'ai laissé échapper dans un murmure :

– Non.

– Comment ? a-t-il demandé en se tournant vers moi, la cafetière à la main.

– Non, rien, ai-je dit, détournant mes yeux hallucinés de ce visage où l'espace d'un instant j'avais cru apercevoir celui de Buell Quain mais qui maintenant n'avait plus rien à voir avec celui de l'ethnologue. Je faisais semblant de m'intéresser aux photos des Indiens. Il a continué l'histoire de sa vie, mais je ne voulais plus savoir qu'après être parti de chez lui, il était allé vivre avec un homme plus âgé, rencontré à une lecture de poèmes beatnik dans un bar du Village ; je ne voulais pas savoir qu'il s'était mis à accompagner ce poète dans toutes les rencontres, expositions et galeries, dans tous les bars et dans tous les studios d'artistes où ils se réunissaient pour déclamer des poèmes; je ne voulais pas connaître le nom du poète qu'il appelait simplement Frank; je ne voulais plus rien savoir de sa vie. Il a récité un poème: "Désormais je marcherai du côté du soleil... je tourne au coin de la rue...", tout en versant du café.

– Vous trouvez mon histoire triste?

– Non, ce n'est pas ça, ai-je répondu, les photos à la main.

– Que pensez-vous des photos?

– Comment ça?

– Elles sont bonnes ou elles ne sont pas bonnes? a-t-il demandé d'un ton agacé.

– Elles sont formidables. C'est incroyable...

– Attendez. Si celles-ci ne vous plaisent pas, j'en ai d'autres plus intéressantes. Je reviens, a-t-il dit, impatient, en posant une assiette de toasts sur la table. Le labrador, qui était assis à mes pieds, est sorti derrière son maître. Le fils du photographe est revenu avec un autre classeur.

– Regardez comme c'est incroyable. Il disait qu'il n'était pas mon père, mais malheureusement pour lui, la génétique ne permet pas le doute.

Le classeur était plein de photos d'hommes nus, blancs et noirs, en plein air, sur une plage ou dans un studio. Quelques-unes avaient été prises au Brésil, mais la plupart avaient été faites aux États-Unis. Et parmi elles ne figuraient pas les deux portraits jaunis de Buell Quain, de face et de profil, que j'avais vus dans les archives d'Heloísa Alberto Torres. Il n'y avait rien prouvant un lien entre Quain et le photographe.

– Tel père, tel fils, a-t-il dit en riant. Au fond, ce qu'il aimait, c'était photographier des hommes à poil. Dans la lettre qu'il m'a envoyée lorsque j'ai eu dix-sept ans, il disait que le Brésil était un “pays calamiteux”. S’il était tellement calamiteux, pourquoi y était-il allé? Pourquoi y était-il resté? Je n’ai plus jamais entendu parler de lui. Je ne savais pas comment le retrouver. Je n’avais aucune adresse. Je ne pouvais pas me tourner vers mes grands-parents. J’étais un garçon orgueilleux et révolté. J’ai préféré l’oublier. Je ne l’ai vu que mort.

Je ne disais plus rien. Il s’est assis en face de moi. Il faisait des bruits enfantins en buvant son café. Au lieu de gorgées normales, il aspirait le café de la tasse. Il mangeait la bouche ouverte et parlait la bouche pleine. De temps en temps, il donnait un morceau de toast au chien.

– Et vous? Jusqu’à présent, je n’ai parlé que de moi…

– Moi, rien.

Ma bonne étoile a voulu qu’en descendant avec le carton, l’homme de l’entreprise de transport était en train d’arriver avec un diable pour prendre le colis. Avant qu’il ne puisse appuyer sur le bouton de l’interphone, je lui ai ouvert la porte et remis le carton de M. Parsons.

J’ai décidé d’avancer mon retour au lendemain. Je voulais repartir par le premier avion. Je n’avais plus rien à faire là. La réalité est ce qui se partage. Les vols pour le Brésil ont lieu d’habitude la nuit. Le mien partait à dix heures du soir. Je suis arrivé tôt à l’aéroport et j’ai été un des premiers à monter à bord. Dix minutes avant le décollage, un jeune homme roux, très grand et maigre, est entré hors d’haleine, son sac à dos heurtant les dossiers des fauteuils à mesure qu’il avançait vers l’arrière de l’avion. Il a placé le sac dans le compartiment à bagages au-dessus de mon fauteuil et s’est excusé, disant qu’il avait une place à côté du hublot. Il avait des cheveux bouclés, un nez aquilin et un regard sympathique, bien qu’il fût très laid. L’avion a décollé à dix heures tapantes. Nous avons volé pendant plus de six heures sans nous adresser la parole. Je ne parvenais pas à dormir. Le garçon à côté de moi non plus. Il lisait un livre. La seule lampe allumée dans l'avion était la sienne. Tous les passagers dormaient. Je n'arrivais pas à lire quoi que ce soit. J'ai allumé la vidéo sur le dossier du fauteuil en face de moi. Par coïncidence, nous survolions la région où Quain s'était tué. Alors, pour la première fois, le jeune homme a interrompu sa lecture et m'a demandé si la lumière me dérangeait. J'ai répondu non, de toute façon je n'arrivais pas à dormir dans les avions. Il a souri et a dit que lui non plus. Il était trop excité par son voyage pour pouvoir dormir. C'était la première fois qu'il allait en Amérique du Sud. Je lui ai demandé s'il y allait en touriste. Il a de nouveau souri et a répondu avec orgueil et enthousiasme : "Je vais étudier les Indiens du Brésil." Cela m'a rendu muet. Et devant mon silence et ma perplexité, il a rouvert le livre qu'il venait de fermer et a repris sa lecture. Au même instant, je me suis souvenu d'avoir vu un jour, dans un de ces programmes de télévision sur les civilisations anciennes, que les Nazca du désert du Pérou coupaient la langue des morts et la mettaient dans un petit sac soigneusement fermé pour qu'ils ne tourmentent plus les vivants. Je me suis tourné de l'autre côté et, contrariant ma nature, j'ai essayé de dormir, ne serait-ce que pour faire taire les morts.

Remerciements

Ce livre est un ouvrage de fiction, bien que fondé sur des faits, des expériences et des personnes réels. C'est une combinaison de souvenirs et d'imagination, comme tout roman, dans une plus ou moins grande mesure et d'une façon plus ou moins directe. Tout au long du travail de recherche qui l'a précédé, j'ai pu compter sur l'aide de plusieurs personnes, à commencer par Mariza Correa. Sans elle, je n'aurais probablement jamais été au courant de l'existence de Buell Quain et ce livre n'aurait pas vu le jour. Je remercie particulièrement de leur collaboration inestimable Maria Elisa Ladeira et Gilberto Azanha, du Centro de Trabalho Indigenista, à São Paulo, qui m'ont conduit chez les Krahô, et les Krahô qui m'ont reçu. J'ai eu le bonheur de pouvoir compter aussi sur la contribution et l'appui du professeur Luiz de Castro Faria, du professeur Antonio Carlos, de Souza Lima e de Flavio Leal, de la bibliothèque du Musée national à Rio de Janeiro ; des employés de la Casa de Cultura Heloísa Alberto Torres à Itaboraí ; de Sally Cole, de l'université de Concordia à Montréal ; de James Davis, des archives de la Historical Society of North Dakota ; du professeur Margarida Moura, de l'université de São Paulo ; de Sally Kuisel, des National Archives à Washington ; d'Ernest Emrich, de la bibliothèque du Congrès à Washington ; de Ronald Patkus, des archives du Vassar College dans l'État de New York ; de Ricardo Arnt et du professeur Julio Cezar Melatti. Aucune de ces personnes n'est responsable du contenu ni du résultat final de cette œuvre.

BIBLIOTHÈQUE BRÉSILIENNE

Cyro DOS ANJOS
Belmiro (Belo Horizonte 1935)

Adolfo CAMINHA
Rue de la Miséricorde

Lúcio CARDOSO
Chronique de la maison assassinée
Inácio

Fernando Henrique CARDOSO
Les Idées à leur place

Euclides DA CUNHA
Hautes Terres

Autran DOURADO
La Mort en effigie
Le Portail du monde

Carlos DRUMMOND DE ANDRADE
Conversation extraordinaire avec une dame de ma connaissance

João GUIMARÃES ROSA
Premières histoires

Evelyne HEUFFEL
L'Absente du Copacabana Palace

Maria Carolina DE JESÚS
Journal de Bitita

J.M. MACHADO DE ASSIS
L'Aliéniste
Ce que les hommes appellent Amour
Dom Casmurro
Esaü et Jacob
Mémoires posthumes de Brás Cubas
La Montre en or
Quincas Borba

Cornelio PENNA
La Petite Morte

Rachel DE QUEIROZ
Maria Moura

Tabajara RUAS
La Fascination

Luis RUFFATO
Tant et tant de chevaux

Herberto SALES
Les Visages du temps

Silviano SANTIAGO
Stella Manhattan

Antônio TORRES
Cette terre

Dalton TREVISAN
Le Vampire de Curitiba

Ariano SUASSUNA
La Pierre du royaume

Vinicius VIANNA
La Dernière Ligne

Suite brésilienne

Des nouvelles du Brésil (N°12)

Lúcio Cardoso
Chronique de la maison assassinée (N°103)

Euclides da Cunha
Hautes Terres (N°7)

Fernando Gabeira
Les Guérilleros sont fatigués (N°9)

J.M. Machado de Assis
Le Philosophe ou le chien (*Quincas Borba,* N°4)
La Montre en or (N°10)
Mémoires posthumes de Brás Cubas (N°33)
Dom Casmurro et les yeux de ressac (N°51)
La Théorie du médaillon et autres contes (N°52)
L'Aliéniste (N°101)
Esaü et Jacob (N°104)

Marcio Souza
L'Empereur d'Amazonie (N°13)
Mad Maria (N°50)

Antônio Torres
Cette terre (N°64)

Dalton Trevisan
Le Vampire de Curitiba (N°11)

Vinicius Vianna
La Dernière Ligne (N°26)

Achevé d'imprimer sur les presses de

BUSSIÈRE
GROUPE CPI

à Saint-Amand-Montrond (Cher)
en mai 2005

Cet ouvrage a été composé
par Atlant'Communication
aux Sables-d'Olonne (Vendée)

N° d'édition : 0331001.
N° d'impression : 052085/1.
Dépôt légal : septembre 2005.

Imprimé en France